おとなの背中

鷲田清一
Washida Kiyokazu

角川学芸出版

装丁　片岡忠彦

●おとなの背中　目次

3 人生はいつもちぐはぐ

4 ぐずぐずする権利

5 言葉についておもうこと

6 贈りあうこと

7 東日本大震災後 2011-12

まえがき　「これで死ねる」と言えるとき

大工さん、左官屋さん、植木屋さん、襖屋《ふすまや》さん、表具屋さんと、木造の家のお守りや修繕のために、いろんな職人さんが出入りしてくださる。建物の来し方を住人よりもはるかに正確に憶えていてくださる。ありがたいことである。

お一人の仕事が丁寧だと、以心伝心、メンバーが入れ替わった異分野の職人さんたちにもそれが感染していって、だれが指示したわけでもないのに佇《たたず》まいが一定の感度にそろってくる。他の職人さんたちの仕事ぶりを眼にして、じぶんもみっともない仕事はできないという思いが立ち上がってくるのだろうか。

民俗学者の宮本常一《みやもとつねいち》が、ひとりの石垣積み工の仕事についてこんな話を伝えている。

その工人は、田舎を歩いていてしばしば見事な石の積み方に心打たれたという。「あとから来たものが他の家の田の石垣をつくとき、やっぱり粗末なことはできないものである。まえに仕事に来たものがザツな仕事をしておくと、こちらもついザツな仕事をする」。だから、将来、おなじ職工の眼にふれたときに恥ずかしくないような仕事をしておきたいというのである。職人のこだわりはじつに未来の職人に宛てられていたのである。「ほめられなくても自分の気のすむような仕事をしたい」「請負仕事ならときに経費の関係で手をぬくこともあるが、そんな工事をすると大雨の降ったときはくずれはせぬかと夜も眠れぬことがある」とも、この職人は語っている。この言葉をうけて、宮本は「だれに命令せられるのでもなく、自らが自らに命令することのできる尊さを、この人たちは自分の仕事を通して学びとっているようである」と書きとめた。

いま、わたしたちはまだ見ぬ未来の世代に対して、この石垣積み工のように、恥ずかしい仕事、みっともない仕事はできないと、胸を張って言えるだろうか。

自然を修復不能なまでに壊したまま次世代に手渡そうとしている。法外な国の債務を未来世代につけ回して平気でいる。次の世代が経済を回すための需要を「経済成長」の名で先食いしようとしている。現在の技術ではコントロール不能であることが発覚したその原発システムを、こともあろうに他の国に輸出しようとしている……。

これがいまのこの国の姿である。わたしたちが修繕することもできずに放置している国の姿である。

昔の人は、死に際して、「これで死ねる」という言い方をした。これは、みずからの死に覚悟ができたというよりもむしろ、みずからの死によって起こりうるすべてのことに、できるかぎりの手が打てたという納得を言っているのだろう。人の矜持《きょうじ》というものがここにある。

そういう矜持を、政治家のみならずこの時代に生きる者として、わたしたちもいつかもてるだろうか。

　わたしたちは、わたしたちの世代を宛先として丹念になされた過去の職人さんたちの仕事に支えられて、無事、家の切り盛りをどうにかできてきた。おなじことを、今日、明日ではなく明後日の世代に向けておこなうこと、それがわたしたちの義務である。

I

伝えること／応えること

「期待」の中点

「まなび」というのは知識の習得のことではない。人に何かを諭されることだ。口で、ではない。その人のふるまいや佇《たたず》まいに諭される、そういう経験のことである。諭されるという言葉が硬ければ、ベルクソンにならって、だれかとの出会いのなかでじぶんが「打ち開かれる」経験だと言ってもいい。

学校に行くというのは、家族や近所のおとなではない、「先生」や「守衛さん」といった別のおとなに出会うということである。そのとき、当然のことながら、戸惑いなり違和感なりにまずは襲われる。これまで出会ったことのない人たちだから、どういうかかわり方をしていいのかわからないからだ。

たとえば、わたしが高校に進学し、そこで出会った教師たちは、わたしがそれまでなじんでいたのとはずいぶん異質な肌ざわりの人たちだった。

「ちんちろりん」という綽名《あだな》にぴたりとはまる物理の先生がおられた。用意したプリントを五センチくらいの距離で見ながら話すド近眼の先生だった。一時間の授業でいちどもわたしたち生徒の顔を見ない。物理の公式を几帳面に黒板に筆写し、書き終えたとたんにやりとする。生徒はみな、黒板ではなく教師の背中を凝視している。それが気になりだすや、話もまともに聴けなくなる。だれも聴いていないのに、何が愉《たの》しいのか、黒板に向かってにやにやしながら説明を続けるその後ろ姿がなんとも気色わるい。なんでこの人、毎日おなじことを説明していても飽きずに、こんなふうに一心不乱でいられるのだろう……と、とても不思議な感じがした。

化学の先生は、生徒の模擬試験の成績に一喜一憂していた。他教科の成績のことまで、統計をもとにこまごまと論評していた。なんで生徒の成績が、それも他校との比較で気になるのか、根のところで理解しがたかった。一期生だったわたしたちの大学進学率に創立したばかりのこの学校の評判がかかっていると、ひょっとしたら過剰なまでに肩に力が入っておられたのかもしれない。生徒としては、ちょっと放っておいてくれと言いたい気分だったが、参考書にも出ていないような、出題の意図のとらえ方の勘所は、とても要領よく教えていただいたような気がする。

日本史の先生は、口ごもるとか、言葉が淀《よど》むといったことはまるでなく、一時間、流れるように話しつづける人だった。この人の言葉、つんのめるところがないので、かえって生徒のだれもが歴史とは絵空事かと怪しんでいたのかもしれない。すくなくともわたしが授業中ずっと気になっていたのはただ一事、なぜこの人はぼろぼろになった「旧制三高」のベルトをつけつづけているのかということだった。

　現代国語の先生はもっとヘンだった。話すことは高踏的でありながら、生徒には「ひねくれ」としか映らず、それで、あんたの言うことは「屁理屈《へりくつ》」だと言ったあかつきには放課後自宅にまで引きずり込まれ、夜中までねちねちとますます高踏的な話を聞かされる。そんな話、生徒よりももっと別にする相手がいるだろうにと心中おもっていた。そこまで生徒に議論でからんでくる、そのこだわりが何であるかが不可解だった。卒業後も、いろんな生徒を呼びつけ、夜中まで、きょとんとする生徒を肴《さかな》に、寝転んでちびりやるのだった。こんな佇まいの家もあるのかと、襖《ふすま》や調度品や本棚を眺めるばかりだったわたしは、その一夜だけで終わりにしてもらった。

　古典の先生は、「同じ眼の高さで」をモットーにしているような人、「理解魔」とでも呼べるような人なのに、どこか相手をはぐらかすようなところがあり、距離のとり方がなかなかむずかしかった。ある日、昼休みに学校の近くのお好み焼き屋さんで、煙草を吸ったあと、教室に戻る間際に捕まった。きついお灸《きゅう》をすえられるのかとおもったら、「煙草の紙、ちゃんと拭《ぬぐ》ってから帰ってこい」と耳打ちされた。当時は安物の煙草にはまだフィルターがついていなかったのである。「こら!」と怒鳴られたほうが、こちらはこちらでかっこつけた応えもできたであろうが、このときはぶざまに言葉を呑み込むしかなかった。

　数学の先生のこと、これは後になっていちばん利いてきた思い出かもしれない。全校でいちばんソリの合わないごりごりの教師、勉強以外のことは何も語らず、宿題をやってこなければ黒板の前で解けるまでずっと立たせておく教師だった。あるとき裏門から帰ろうとして、駐車してあるクルマにふと眼が止まった。後部座席にさりげなく、数学の原書とともにお経が置いてある。あのごりごりのラショナリストであるM先生がお経を読んでおられるというのが腑《ふ》に落ちなくて、翌日、例の「同じ眼の高さで」の先生に訊《たず》ねてみた。「おまえら知らんかったんか、少し前にお子さんを亡くされたこと」。まさに青天の霹靂《へきれき》だった。授業はずっといつもどおりだったし、休講もなかった。教室のだれひとり、異変に気づいた者はなかった。おとなというのはこういうものかと、がつんと教えられたのだ。何も語らないこと、職業人であることに徹すること、そのことで職業を超えた人の「務め」を教わった。以後わたしは、「務め」という言葉をおろそかに使えなくなった。

大学に入って、さらに多くのヘンな教授の存在にふれることになった。そのたびごとに、こんな身の処し方もあるのかと、心の中で唸《うな》った。もちろんあきれること、ばかばかしくなること、なさけなくおもうことも累々とあった。が、大学時代の思い出というと、わたしの場合、まずは世にいう「学園紛争」――「学園」という語はまわりのだれも口にしなかったし、その出来事を「紛争」と呼ぶことじたいがすでにある党派性を帯びていた――のなかでの学生としてのそれぞれの立ち位置の違い、つまりは世界の感触の違い、引きずっているものの違い、「許せない」とおもうものの違いを思い知ったことがもっとも鮮烈ではあったが、じぶんが「ちんちろりん」のようになって、朝から晩まで図書館で外国語の文献を辞書を引き引き読み継いだ日々の記憶もある。けれども生協食堂でなじみになった給仕のおばちゃんに中華そばを頼むと、空《す》いているときは間違ったふりしてチャーシューを一枚余分に入れてくれたこと、映画部の友人に同行してちゃっかり映画をタダ見させてもらったその映画館に集う常連たちの奇矯なふるまいにふれたこと、いろんな意味でアンダーグラウンドな人たちの重層したネットワークを知ったことなど、高校とくらべて大学が外部に対してスカスカであるぶん、それまで知らなかったような類の人たちとの出会いも俄然《がぜん》ふえた。そしてそこから多くを「まなんだ」。

そういう「まなび」がしばしばドラスティックに起こったのは、書物のなかでである。というかそういうドラスティックな出会いを求めて、いろんなジャンルの本をむさぼり読んだ。それまであたりまえとしてとくに問わなかったじぶんの思考の前提ががらがらと崩れさる、そういう瞬間をもとめて。大学二年生のときにはじめてふれたメルロ＝ポンティの言葉でいえば、「おのれ自身の端緒がたえず更新されてゆく経験」というのが、その頃のわたしの読書体験の基調だった。そしてその思想家や文学者たちは、こういう場面ならあの人はどう考え、どうふるまうだろうか、というわたしの問いかけの宛先であるような人たちだった。

内田樹《たつる》さんがどこかで書いておられたと記憶するが、実在の、あるいは書物のなかの人との出会いをきっかけに、それまでより「もっと見晴らしのよい場所に出る」ということが、

「まなび」の意味だと、わたしもおもう。

「出会い」、この言葉が甘ったるければ「じぶんが打ち砕かれる経験」と言いなおしてもよいが、それは予測できないかたちで起こるものだから、その意味で、「まなび」は学校の管理者によって囲い込まれるはずのないものだ。

ここまでつらつらと書いてきた「学校」での思い出は、まことにありふれたものである。漱石の『坊ちゃん』のほうがはるかに気の利いたカリカチュアを描いている。はじめて「異人種」にふれたときの小さな驚き、それをいまも鮮明に憶えているのは、当時の小さな無数の経験のなかでこれらだけはなにがしかの痕跡をいまもわたしに遺しつづけているからだ。他の出会いはぜんぶ忘れても、この人たちの人としての感触だけは、時とともに意味をずらせながらもじわりじわり膨らんできた。アイデンティティといえば生涯をつらぬく一本の糸のように変わらないものと考えられることが多いが、わたしは逆で、「じぶんはだれか?」と問うときには、じぶんがこれまで出会い、それを機にじぶんが打ち砕かれてきたその不連続の出来事、そしてじぶんを打ち砕いた相手の名を列挙することのほうがはるかに実情に近いとおもっている。「まなび」は他者をとおして起こるものであり、あの時はわからなかったが今だったらわかるというふうに、長い時間のなかでじっくり醸成されてゆくものだからだ。

「まなび」が「まねび」と同根であることには、深い意味があるとおもう。

このことをわたしは、これまでの経験から、そして日本語の語源考からではなくて、十九世紀の中葉に生まれたフランスの哲学者の書き物からまなんだ。ベルクソンの『道徳と宗教の二つの源泉』である。

彼は、命じられる義務、つまりはなんらかの「圧力ないしは圧迫」によってかたちづくられる道徳のその対極にもう一つ、「招き」もしくは「憧《あこが》れ」にもとづく道徳というものがあるという。そして、歴史に名を連ねる「善の偉人たち」が、その背後に彼に「倣《なら》おう」とするおびただしい群集を引き寄せたのはどうしてなのかと問うて、こう書いた。

聖徒や偉人は他人に向かって何も求めない。しかも彼らは漁《すなど》るのである。彼らはあれこれと諭す必要すらない。彼らがただいるというだけでよい。そういう人のいるということが、そのまま招きとなる。けだし、この点こそまさにこの第二の道徳の特質にほかならぬからである。

（森口美都男訳）

＊

古代ギリシャの「ミメーシス」の概念から、西洋中世の僧トマス・ア・ケンピスの『キリストに倣いて』（Imitatio Christi）にみられる「イミタチオ」の概念まで、まねびと倣い、つまり〈模倣〉というふるまいには、深い意味が託されていた。他のだれの受け売りでもなくその人にしかない個性や才能、それによってひとははじめて固有の存在（パーソナルな同一性）を得るという思想が巷を席巻するようになるまでは。他者の模倣、つまりイミテーションはもともと偽物のことをいうのではなかったのである。

模倣は他人の受け売りのことではない。他者のふるまいをなぞることで、「魂が打ち開かれる」ことである。冒頭でも引いたこの「打ち開かれる」という語も、じつはこの本から引いたものだ。「まなび」が、このように「魂が打ち開かれる」あるいは「動かされる」経験だとすれば、それはこれまでのじぶんが砕け散るという体験をつねにともなう。壁にぶち当たらずに、道を逸《そ》れずに、まっすぐ進むというのではなく、つまずく、揺れる、迷う、壊れる……ということ、そこからしか「まなび」は始まらない。その意味では、落ちこぼれや挫《くじ》けもまた、大事な「まなび」のプロセスなのである。

ベルクソンは「彼らがただいるというだけでよい。そういう人のいるということが、そのまま招きとなる」と書いていた。「招き」とは、その人の言葉、ふるまい、佇まいに、吸い込まれるようにして感化されることである。その人とおなじように考え、語るしかできないほどに、吸い込まれてしまうことである。それまでじぶんが脚を置いていた座標系がぐらぐら揺れだし、別の「もっと見晴らしのよい場所」へと「打ち開かれる」ことである。そうした開かれはまずは「憧れ《アスピラシオン》」によって生まれると、ベルクソンはいう。わたしはといえば、この言葉、むしろだれかに出会ったときの激しい、あるいは微《かす》かな「ときめき」とでも訳したいところだ。「ときめき」がなぜ生まれたかはじぶんでもわからない。「招き」はだから、わたしたちの言葉でいえば「おせっかい」ということにもなる。

高校時代の先生のことを思い出しながら、背中のもつ意味は大きいとあらためておもう。背中を見ながら、何かを学ぶのではなく〈知識はじぶんで調べるしか方法がない〉、スタイルを学ぶのである。〈知〉の使い方のみならず、〈知〉がその人のなかで占めている位置まで見てとるのである。その位置を不審におもわれた教師には、たぶん以後信頼は寄せられることはない。

*

「招き」（おせっかい？）に対して面はゆい「ときめき」をもって応える。「まなび」はこういう関係のなかで生まれる。もちろん、そのなかで立ち消えもする。「ときめき」がぺしゃんこになって途絶えることもある。

「招き」にはいくばくかの期待が込められている。ただし、「期待」という言葉は「そんなに期待しているわけやないでえ」という逆の声が倍音のようにともなっていないところでは、かえって負担を重くするだけである。

そういう点からすると、いま若い人たちに向けられている「期待」は、期待されすぎと、期待されなさすぎという両極に、激しく引き裂かれているようにみえる。そのぶれに彼らは翻弄《ほんろう》されていて、それが彼らの「生きにくさ」をますますもって募らせているようにみえる。

期待のされすぎはなぜしんどいのか。

とてもできそうもないという予感が負担になるということが、もちろんいちばんにある。が、それ以上に、未来の可能性をあらかじめ「おとな」が包囲し、限定してしまうというところに、期待される側のしんどさがある。そこでは、「おとな」が細部にいたるまで未来への道筋を描きすぎる。そして子どもがその道筋から少しでも外れだそうものなら、すぐに修正を強いる。じぶんで気づくのを待ってくれないのである。だから鬱陶《うつとう》しいし、負担になる。

もちろん、期待されすぎとわかっていて、しかしその期待にうまく応えてしまえる聡《さと》い子も少なからずいる。いわゆる優等生だ。が、期待に応えられてもやはり期待のされすぎはしんどいのである。なぜなら、ほんとうに聡い子は、「おとな」の期待に他の子よりうまく沿えているじぶんを、じつは肯定することができない。むしろそこに自己への偽りを見るからである。ほんとうはそんなことしたいわけではないのに、他者からの期待に器用に応えてしまえるじぶんを、低く評価する。そういう自己への否定的な感情を、聡い子は溜《た》め込んでしまうのだ。

世にいう「親ばか」はこれとは似て非なるものである。それは、期待のしすぎではなくて、

「うちの子は違う」という根も葉もない確信の過剰である。そんな親の期待にとても沿えないと感じている子は、むしろ自身の力量を冷静に見ていて、「そこまで言ってもらわなくても」と、うれしくもこそばゆい気持ちになる。

では次に、期待のされなさすぎはなぜしんどいのか。

とんと期待されないというのは、期待の対象としてじぶんが認められていないということだ。いってみれば、じぶんの存在がなきがごとくに扱われている。だからこれもまた当然、自己自身への過小評価につながる。

そもそも期待が向けられないところでは、いうまでもないことだが、期待の具体的な内容がメッセージとして送られてこない。「あなたにはこうなってほしい」という、宛先の明確な期待が寄せられない。「おとな」が一般論としてじぶんの希望を述べているだけである。だから、「ああ、わたしは期待されていないんだ」とおもうほかない。

先ほどちょっとふれた「親ばか」に似ていて確実に違う発言に、「うちの子にかぎって」という台詞がある。こういう言い方で擁護されることは、子どもにとってはちっともうれしいことではない。期待は「うちの子」に向けられているのであって、この「わたし」に向けられているのではないからだ。期待されなさすぎる子は、この意味でも、期待に応えるチャンスをあらかじめ奪われているのである。

期待の過剰と期待の過少。これをいいかえれば、期待のオール・オア・ナッシングということになる。このオール・オア・ナッシング、両極端の二者択一こそ、いまの子どもたちを取り巻いている心的環境であろう。子どもに対して、母親がねちねち小言を繰り出せばそれを夫が諫《いさ》める、夫婦がこぞって子どもを追いつめているように見えると祖父あるいは祖母が、あるいは同居の叔父、叔母が夫婦をちゃかしに入る、あるいは教師が両親をたしなめる……。子どもを取り巻くはずのそんな幾重もの環《わ》がどんどん一枚壁になっていき、夫婦があれこれ諍《いさか》いをするのではなく、親と教師が諍いをするのでもなく、夫婦が、あるいは両親と教師が、一体となって子どもに向きあう、そういう環境が子どもを包囲している。子どもはいよいよ逃げ場がなくなる。決裂するか服従するかの選択しかなくなる。祖父母の、叔父叔母の、教師のそれぞれに異なる意見があれば、子どもは、こういう状況ではどちらの意見につくのがよいか、算段できた。悪知恵をはたらかすこともできた。

期待する側からいえば、期待のしすぎでもしなさすぎでもない上手な期待というのは、期待への応え方にある裁量の余地を残すものだ。おとなのほうが、「ああ、そういう応え方もあったのか」と、自身の期待に修正を促されることもある。子どもから痛いところをつかれることもあれば、虚をつかれること、裏をかかれることもある。そうするとおとなのほうは、「今どきの若いもんは感覚が違うなあ」と、ときに感心せざるをえなくもなる。「ほめ上手」というのは、そういうふうに、相手にいろいろ頭を使わせるものなのである。そうして子どもは少しずつ賢くなってゆく。知的にタフになってゆく。

期待の過剰と期待の過少は、家庭や学校だけでなく、企業のほうからも迫られる。バブル崩壊までの大企業は、大学教育に期待しなさすぎた。大学では学生に知識だけつけてくれたらいいので、「ひと」としての余計な知恵はつけないほうがいい、「ひと」としてのしつけや企業人としての才覚は「社員教育」でつけますから、というのが決まり文句だった。ところが近ごろの企業は大学に期待しすぎる。「コミュニケーション能力」だ、「人間力」だなどと、社会人としてあたりまえの力をしっかり鍛《きた》えてほしい、と強い注文がつく。と言いつつ、片方では、学生が専門課程に進学するやいなや、就職活動に引き込み、「シューカツ」漬けにする。もっと学生を鍛えてくれと言いつつ、その機会を取り上げてしまうのである。

　両極端ではなく中間の緩衝地帯が必要なのだとおもう。心中ほのかに期待しながら、「悪いけど、それほど期待しているわけじゃあないからね」と口にするような、そういう絶妙に中途半端な期待、あるいはクッションのようなものが。

「コミュニティの崩壊」ということがしきりにいわれるが、失われたコミュニティというのは、そういうたがいにそれとはなしに気を配りあう関係、つまりは期待しすぎもしなさすぎもしない、破裂する前に可能なかぎりのフレクシブルなやり方で身を持してゆくクッションのような関係のことではなかったのか。

　見て見ぬふりをするのではなく、見ないふりしてちゃんと見ているようなまなざし。かつての職住一致の生活空間には、そのようなまなざしが、まなざしとして刺さないよう気づかわれつつ、そこここに充満していた。家庭の事情で子どもが泣きじゃくりながら通りを駆け抜けるのを見、すぐにでも声をかけてやりたいところだが、その場しのぎの解決にしかならないことを知っていて、だからだれそれとなく、無茶をしないかと黙って遠目に見ているような光景が、あたりまえのこととしてあった。「育てる」などといわずとも、そこにいれば子どもが「見ぬふりして見る」大人たちに囲まれて「勝手に育つ」、そのような場が。

しかし現代の集合住宅にそのようなまなざしの厚い交差を期待するのはむずかしい。人びとの集住のかたちが、地べたの水平のものではなくて、高層建築という立体のものになると、個々の家は鉄の扉で閉ざされ、内の気配はうかがえず、たがいに顔を合わせるのはたまたま乗り合わせたエレベーターの中でだけ、ということになってしまう。たがいに見るか見ないかのいずれかになり、「見ぬふりをして見る」というグレイな関係が成り立たなくなる。子どもがそこにいれば勝手に育つ、そんな空間が困難になる。

とんだ夢想かもしれないが、わたしは大都市にあっても、郊外のベッドタウンにあっても、シャッターの下りた地方都市にあっても、「限界集落」と呼ばれるような過疎地にあっても、職住一致もしくは接近というポリシーでまちを再構築することを本気で考えなければならない時代がきているようにおもう。もちろんすぐにはそれは不可能であろうから、さしあたっては「学校」という場所を、さまざまな「おとな」が地域の施設としてあたりまえのように使うというふうにもっと風通しのよいものにしたうえで、あるいはまた厳格な年齢別の学年構成というものを根本から見なおしたうえで、うまく活用することを考えるよりほかない。市中の「学区」はたぶん、それにちょうどいいサイズである。

子どもはいつもおとなのまっただ中で揉《も》まれることで、みずからの皮膚を鍛えてゆく。いまの子どもは、ひりひりとした赤剝《あかむ》けの皮膚を晒《さら》しあうのが痛いからこそ、「他」なる者との出会いの可能性のありそうな場所からあらかじめ退くことしか図れない。この時代、子どもの身の安全を第一に考えると称して、じつは、人びとのあいだで揉まれ、傷つきつつ、しかもすぐには腰砕けしてしまわぬタフな知性を少しずつ鍛え上げ、やがてもっと広々として見晴らしのよい場所に出る、そうした機会を子どもたちからシステマティックに奪っているという事実に、人びとはもっと心を痛めるべきである。

信頼の根――伝えるということ

胸がいっぱいになるほど感じ入ったので、一度、じぶんの文章のなかで紹介したことがあるが、その話をもう一度紹介することから書き起こしたい。劇作家であり美学者でもある山崎正和が敗戦後の満州で受けた教育のことである。

外は零下二十度という風土のなか、倉庫を改造した校舎は窓ガラスもなく、不ぞろいの机と椅子しかない。敗戦後の満州の中学校の暗い仮設の教室でのことである。引き揚げが進み、生徒数も日に日に減るなかで、教員免許ももたない技術者や、ときには大学教授が、毎日、マルティン・ルターの伝記を読み聞かせたり、中国語の詩（漢文ではない）を教えたり、小学唱歌しか知らない少年たちに古びた蓄音機でラヴェルの「水の戯れ」やドヴォルザークの「新世界」のレコードを聴かせたりした。そこには、「ほとんど死にもの狂いの動機が秘められていた。なにかを教えなければ、目の前の少年たちは人間の尊厳を失うだろうし、文化としての日本人の系譜が息絶えるだろう。そう思ったおとなたちは、ただ自分ひとりの権威において、知る限りのすべてを語り継がないではいられなかった」（「もうひとつの学校」、山崎正和『文明の構図』所収）。そしてここにみられる「文化にたいする疼《うず》くような熱情、ほとんど生理的に近い欲望」こそ、いまの日本の教育に欠けているものではないかというのである。

この文章にふれたとき、わたしは教育というものは、「教える」というところからではなく、「伝える」というところから考えるべきだという思いを強くした。

ひとは、人生について、あるいは社会のあり方について、最後まで「最終解答」を見つけられぬまま、悩み、迷い、あがきつづける。だれも人生の真実、社会の真実をすっきり見通すことなどできるものではない。その過程で、個人であれ集団であれ、何度も挫折し、諦《あきら》め、痛い思いもしながら、それでも生き抜いてゆくための知恵をどうにかこうにか編みだしてゆく。究極の解決は見つけられなくても、せめてこれだけはするな、ここまで行くと危ない、こうすれば瓦解《がかい》はかろうじて防げる……といった知恵、ひとが最後までぜったいに手放してはならない大事なものとは何かという知恵である。ひとは、じぶんたちが「時代の子」として手に入れたこうしたぎりぎりの知恵を、続く世代にしっかりと伝えなければならない。その意味で、教育については、この「伝える」という原点に帰って問うべきである。「何を伝えたいのか」「何を伝えなければならないのか」、それをおのれの胸に問うてみることこそ、教育の第一歩だという思いである。

　が、いざ教育について語ろうとすると、すぐにいくつかの戸惑いに突き戻される。まず、教育についての論議は、話が重すぎる。教育について語るとき、その現場に身を置いていない人たちの声がとても高く、熱くなるからである。教育が話題になると、昔はこうじゃなかった、このままいったらどうなるのかといった、嘆きや憂いの言葉が溢《あふ》れかえる。子どもたちの毎日も、苦しいこともあれば楽しいこともある。その全体を「崩壊」「危機」といったおどろおどろしい言葉で包み込んでしまうこと、そういう声にみながいっしょに乗ることに、わたしには少なからぬ抵抗がある。

　が、他方で、教育についての論議は、話が軽すぎる。「生きる力」とか「体験学習」だとか「食育」だとか、かんたんに言いすぎる。「環境にやさしく」「地球にやさしく」「共感と共生」「ちょボラ」などという、子どもだってすぐにその「偽善」を見抜くような軽いキャッチ・コピーが、教育の現場に持ち込まれすぎる。このことにも、わたしには抵抗がある。たとえば、栃木県で小学校教員をしている作家の永山彦三郎は、その著『学校解体新書』のなかで、「ここ十数年ほどで、頭のよい、まじめできちんとした女の子がすごく変わった」と書いている。「不良少女と普通の少女の境界線が消滅したといわれて久しいのですが、ここで僕が言いたいのは、優等生が容易に不良少女になりうるということではなくて、たとえ優等生のままで居続けていても、でも心の底ではそうした自分を強く否定している子が増えているという意味での、変容がある」というのだ。じぶんを肯定できないという、子どもたちの疼き、それが永山の耳にはしっかり伝わっている。

小説のなかの話だが、もうひとつの例を。村上龍の『ラブ&ポップ』は、「援助交際」を試みてうまくいかなかった女子高校生の半日を描いた小説であるが、その主人公の裕美は家に帰り、父親にいろいろ訊《き》かれているうち、心のうちでこうひとりごつ。

父親は、機会を見つけては裕美と話そうとする。親子の会話はとても大事だと思っているらしい。会話で、裕美のことを理解しようとする。何でも話しなさい、とよく言う。裕美は父親のことが好きだ。尊敬していると思う。だが、何事も理解し合えるはずだ、と思われるのは困る。理解しようとしてくれるのは、もちろんうれしい。だが、理解し合えるはずだという前提に立つと、少しでも理解できないことがあった時には、事態はうまくいかなくなる。理解不能なことは、コギャルなんて宇宙人みたいなもんだよ、で片付けられ、ひどい場合には、悪いこと、に分類される。

裕美は、よくあるような言葉で理解したがっているおとなに抵抗を感じている。特定の「だれ」に差し向けられることなく、人びとのあいだ、そして家族のあいだをも漂流している言葉を信じない。

子どもは親の声の質に敏感である。学校に行くようになって、親の声が、社会のいちばん前の声に変わってくる。「ちゃんと宿題したら、遊園地に連れていってあげますからね」。「もし～できたら」という、人に対してまず資格を問う社会の最前列の声になってくる。親の顔のうしろ、声の背後に、社会が透けて見えてくる。いうまでもなく、そのような顔、そのような声が向けられるのは、じぶんの子どもというより、社会のなかのじぶんの子どもである。「あそこのお家の～ちゃんはちゃんとやっているよ」と、子どももまた社会のなかに置かれる。話すほうも聴くほうも、社会の〈標準〉という枠組みのなかで語りだす。

子どもが、いやおとなでも、ほんとうに浴びたい声はそういうものではない。背後に社会が透けて見えない、だれかの存在そのものであるような声、もっぱらわたしのみを宛先としている声である。そういう声のやりとりのなかで、ひとはまぎれもない「わたし」になる。

教育論議は一方で話が軽すぎると書いたが、特定の「だれ」に向けられるのではないこの言葉の軽さこそ、話の軽さにつながるものなのであろう。

＊

教える／学ぶから、伝える／応えるという関係に、もういちど教育の場を戻す必要があるのではないかとおもう。なぜなら、すでに述べたように、教育とは、ある世代が痛い思いもするなかでやむにやまれず編みだしたその知恵を次の世代に伝えるものだからだ。だれにでも通用するかどうかはわからないが、わたしたちの世代はその時代のなかでこのように生き、このように考えた、そのなかからこれだけは守らなければならないとおもうようになった、そのような経験を次の世代に伝えるものだからだ。そこにやむにやまれぬ「伝え」への意志が籠《こ》もっていなければ、教育は成り立たないはずだからだ。

その「伝え」を聴く側にしても、それが本気の言葉かありきたりな言葉かはすぐに見分けがつく。だから、そういう伝える側と聴く側のあいだにもし信頼というものが交換されていなければ、「まなび」というものは成り立ちようがない。

ところが、学校という現場でやりとりされる言葉は、往々にして、信頼を育《はぐ》むというより信頼を壊すようにはたらくことが多い。いや、そういう構造になっている。学校で使われるのは、いってみれば「相手を験《ため》す」言語だからである。

ふつう、訊ねるというのは、じぶんが知らないことを訊ねるものだ。知らない者が知っている者に訊ねるものだ。知らないから教えて欲しいと、何かを訊く。そこには知りたい、学びたい、教えてほしいという、他者への切なる要求や懇願がある。教えるほうにも、何かをどうしても伝えておきたいという気持ちがある。

ところが学校では、質問は相手が知っているかどうか験すためになされる。教師が生徒に、教えたことをちゃんと憶えているかどうか質問する。日常の質問とちょうど逆のかたちになっているわけだ。人を験すというのは、子どもへの信頼をいったん括弧に入れているということだ。だから、験された生徒のほうは、正解だと「当たった」と驚喜する。ここには、知っている者が知らない者に訊くという倒錯がある。

両者のあいだには、何かを知りたい、伝えたいという、やみがたい気持ちがない。伝える／応えるという、人と人との関係が、験す／当てるという（信頼をいったん停止した）関係にすり替えられている。いってみれば、知識というものが、ある鍵をもった者だけが開くことのできる所有物のように考えられ、そして教師がそれを管理する守衛や寮監のような役をしている。

験す言葉が教室の基本にあるというのは怖ろしい。くりかえすが、験すことは相手への信頼をいったん停止することである。訊かれたほうもそれを肌で感じる。この信頼の一旦停止は、よほどのことがないかぎりどんどん膨らんでいって、教室というところが信頼のすっぽ抜けた場所となる。教師が「伝える／応える」という関係だとおもっているものが、生徒には「験す／当てる」という、不信を前提とした関係として受けとめられるからである。

ここで、「教えて」という懇願に満たされていない問いを封印した、そんな教室を想像してみる。「めだかの学校」ではないが、だれが生徒か先生かわからないような空間はきっと楽しいだろうとおもう。それだけでも、おとながほんとうに伝えたいこと、子どもがほんとうに訴えたいことが、いまよりはうんと行き交うだろうとおもう。

ここでいう「学校的なもの」は、学校だけでなく、いまの社会全体に浸透している。学校を卒業したあとも試験がある。入社試験のあとも、退職するまで試験はつづく。昇進試験、資格試験と、「験し」ははてしなくつづく。

どこに行っても試験で資格や能力を問われる社会、「これができるのなら」という条件つきですべてが決まる社会である。教育の長期化は、社会システムが高度に複雑化して、そのなかで行動する能力の育成にも時間がかかるようになった社会の特徴であるが、何をするにしても資格や条件が問われる社会というのは、人びとの心をいやでも蝕《むしば》んでゆく。「ちゃんと宿題したら、遊園地に連れていってあげますからね」。先にもあげたこうした声を恒常的にかけられているうち、じぶんの存在は人に認められるか認められないかで、あったりなかったりする、そういうものなのだ、という感情をつのらせてゆく。そして、条件を満たしていなければ即「不要」の烙印《らくいん》が押される。「きみの存在はここでは必要ない」、と。

こういう経験を子どもはくりかえしてゆくうち、じぶんが「いる」に値するものであるかどうかを、ほとんどポジティヴな答えがないままに、恒常的にじぶんに向けるようになる。それとはっきり意識しないまま、子どもたちはじぶんの「死」にふれつづけることになる。

子どもはだから、こうした鬱屈《うっくつ》した気分のなかで、何を措《お》いてもじぶんの存在をそのままでまずは肯定してもらえるような関係を求めている。何もできなくてもじぶんの存在をそれとして受け容《い》れてくれるような、そういう愛情にひどく渇いている。「つながっていたい」「ぬくもりがほしい」という気持ちもそこから出てくる。

が、これはほんとうはいまの社会のだれもが心の底で疼かせていることがらではないだろうか。こうした社会にいま回復しなければならないのは、まずはたがいがたがいの存在を肯定する、そういう〈信頼〉の関係ではないだろうか。

＊

「学級崩壊」という言葉が流通して以後、クラスが成り立たないということがよくいわれるようになった。成り立たないというなら、検証されるべきは、まずは、おとなの側の「学校的なもの」への囚《とら》われではないだろうか。じぶんが知っていることは生徒には訊かないくらいの覚悟をもって、「学校言語」から離れること、あるいは教室のレイアウトを変えること……。方法一つ変えるだけで、学校は違う場になりうるからである。

「ことばとからだのレッスン」で有名な竹内敏晴さんの『竹内レッスン』を開くと、先の「験し」の身体版とでもいうべき話が出てくる。あぐらでも正座でも横坐《よこずわ》りでもなく、体育館坐りともいうあの「三角坐り」である。これは「一九六〇年代のわずか十年間に、なぜか全国の公立の小中学校に一気に広まった坐り方」だという。前屈みで両膝《りょうひざ》を抱え込んでいるので少ししか息が入らない。いってみれば、自発的な行動を封じられた「手も足も出ない」姿勢、「息をひそめている」姿勢である。そのことの意味を問う教員がだれひとりとしていなかったのはどうしたことかと、竹内さんはその本のなかで訴えている。

学校という場所は、たしかに「国民の養成」のために設置されたのであろうが、他方で、子どもたちを出自というそのくびきから解放し、あらかじめなんの差異も設定することなしに集団で生活させる場所でもあったはずだ。おおぜいが等しい立場で過ごして楽しくないはずはない。大騒ぎするのもあたりまえである。ところが、いつしか学校は、たがいを験す場所になり、からだの動きを封じ込める場所になっていた。

学校という空間で得るものはもちろん少なくないが、そこで失うもの、忘れるもの、棄《す》てるものも少なくない。その一つ一つをあらためてその根っこから検証することは、（学校化した）おとなの社会の検証にそのままつながるはずだ。

「ブルセラ少女」とか「援助交際」が話題になったとき、わたしは、ああこれ、おとなの問題なのだとおもった。「お金を回す」（たとえば旅行用の積み立てをローンの返済に回す）と食卓で平気に口走る親のコピーを、高校生がする。「なぜ人を殺してはいけないんですか」とテレビの討論番組でゲストの「文化人」たちに問いかけた若者がいた。ゲストは答えに窮したが、のちにいろいろなおとながいろいろな理屈でこれに答えようとした。そこになかったのは、こんな議論である。ひとは他人を殺したいとおもうのに、そして実際多数の人びとを殺してきたのに、それでもほとんどの人はめったに殺さなかった、そのことの理由は何か、と。教育の現場で語られ、伝えられるべきは、この「人を殺さないできた理由」であり、このことで人びとが何を守ろうとしてきたかという問題ではないだろうか。

こういう問いに周りのおとなたちがほんとうに向きあっているかどうか。それを子どもたちは見つめている。答えが重要なのではない。それを問うその姿勢を見つめているのだ。何をおとなは子どもたちに本気で伝えようとしているのか。それがはっきり見えないあいだは、学校という場所にほんとうの〈信頼〉が回復されることはありえないだろう。

2

おとなの背中

お経を唱える子

五歳の男の子をもつ編集者の方から、とても愉快な話をうかがった。

そのお子さんは三歳くらいから般若心経のCDをくりかえし聴いているうち、四十五分のCDを丸ごと暗記してしまったそうで、ある日、よりによって葬儀の席で、お坊さんのお経に唱和しだした。お坊さんより滑らかに、そして先んじて唱えるので、喪のただなかあちこちからくすくす笑いが漏《も》れ、それでお母さんはあわてて外に連れ出したというのである。

ちなみにわが家の犬も、月参りのときはお坊さんの斜め後ろに座し、ふだんよりか細い、高音の情けない声で「ううーうう」と唱える。それも、なぜかいつも決まったようにあるフレーズのところからである。

このお母さんは当時、会社の仕事で、お経に関する本をつくっていた。帰りが遅いので保育園の迎えは、近所に住む彼女の母親が受け持っていた。この子は、夜遅くまでお母さんが何に夢中になっているのか不思議でならなかったのだろう。ある日、お母さんが勤務で出かけているあいだ、机の上にある、あの蛇腹のようなヘンなもの、そう、お経を手に取った。

そしておばあちゃんに「これ、何?」と訊《き》いた。訊かれたおばあちゃんもおもしろがって、そばにあった般若心経のCDをかけて、孫に聴かせた。

これがどうもやみつきになったらしく、男の子はおよそ一月、そればかり聴いていた。そして丸ごと憶えてしまった。ここが子どもらしいというか、CDの末尾に収録された講話をもふくめて全部である。

幼児はじぶんを見つめる母親の眼が別のものへと逸《そ》れてゆくのを追うなかで、じぶんでも母親でもない第三者、つまり三人称的な世界にふれるとは、よくいわれることである。だから、とでもいってていいのだろう。母親はその三人称的な世界についての思いを口に出して言うべきである。

そのことを、あの『育児の百科』の著者、松田道雄はこんなふうに書いていた。「外にでたら、赤ちゃんにできるだけ話しかけてやる。母親が話しかけてくれるから、赤ちゃんはものの名をおぼえるのである。全然話しかけなかったら、いつまでたってもことばが言えない。犬がきたら、『ほらワンワンがきた』と言い、きれいな花をみつけたら、『ああ、きれい』と言うのは、ものの名を教えるだけではない。あらたなことがらに敏感に応ずるというセンスの教育もしているのだ」、と。

親は子どもに何を教えるかなど、ことこまかに考えなくていい。それより親が、子どもとは関係なしに、何かに感じ入るということが重要なのだとおもう。何かをしないと、と思いつめることが重要なのだとおもう。その姿を、子どもは横から、まじまじと、あるいは視線の端っこで、見つめている。ひとは顔つきで、あるいは背中で、子どもに何かを伝えるということなく伝えてきた。考えてみれば怖《こわ》いことである。

おとなの背中

九月、ことしも岸和田のだんじりを見てきた。山車《だし》の前面に町内の世話役が立ち、屋根で若衆が跳びはね、青年と子どもたちが歓声を上げながら全速力で山車を引っぱるこの祭、勇壮であるのはまちがいないが、わたしは、陣屋でみなの世話をするご婦人方をふくめ、すべての世代が絶妙の役割分担をしているところに魅せられてきた。

いつも商店街の二階から見せてもらうのだが、向かいの家の幼な児はおなじく二階で、鐘の音に合わせ、山車の屋上の若衆のしぐさを真似て踊っている。いつかあんなふうに立ちたい、舞いたいと、心底憧《あこが》れているのだろう。

山車を引く小中学生はもちろんみな黒の法被姿。女子は髪を細かく編み上げ、なかには編み目のあいだに剃《そ》りを入れている者もいる。祭の前、美容室はいつも満杯。自宅では編むのに時間がかかるので、子どもが眠っているあいだに母親が編んでやるという。凜《りん》としたこの出《い》で立《た》ち、ほれぼれする。

この町のおとなたちは、祭となると頭が熱くなり、ふだんは見せない力をふりしぼる。もちろん喧嘩《けんか》もしょっちゅう。勢い余って山車を家にぶつけるなど、まこと荒っぽい祭なのだが、だからこそ山車の仔細な点検、通りに面した店の補強も怠らない。務めと競いと遊びがくるくるめくれ返るうち、みながこぞって高いテンションになる。そんな異様な気配に、子どもたちの眼もきりりとしてくる……。

柳田國男はかつてこう書いた。「昔の大人は自分も単純で隠しごとが少なく、じっと周囲に立って視《み》つめていると、自然に心持の小児にもわかるようなことばかりをしていた。それに遠からず彼らにもやらせることだから、見せておこうという気もなかったとはいえない」、と。

整ったところだけを見せるのではない。いいかげんなところ、愚かなところ、そして「馬鹿」がつくほど一途なところ。それらを祭のときにはぜんぶ、見せるともなく見せるのである。本気でしなければならないこと、羽目を外していいこと、おもいきり興じていいこと、絶対してはならないこと……。そういう区別を子どもたちは体でおぼえてゆく。いってみれば〈価値の遠近法〉というのを身につけてゆくのだ。

ふとこんな教室の情景を想像した。黒板に向かって必死に書いている教師がいる。チョークの滓《かす》が新調したばかりの服の袖に次々と降りかかる。そのとき、「あちゃちゃ、これ先週買ったばかりなのに」と言いつつ白い粉を振りはらう教師と、粉に気づかず、なにかつぶやきながら一心不乱に板書を続ける教師のいずれが、子どもたちの心をぐいとつかむだろうか。震わせるだろうか。

子どもはおとなが口にする言葉をまっすぐに聞くのでもなければ、その振りをただ真似るのでもない。その姿、その佇《たたず》まいを、後ろからしかと見ているのだ。生きるうえでほんとうに大事なことは、こういう姿、こういう佇まいをつうじてこそ伝わってゆく。背中のもつ意味は大きい。

絵を描くゾウの話

横浜にある「ズーラシア」という動物園に、絵を描くゾウがいる。そこの教育普及係の方から、「ゾウのおえかき」について愉快な話をうかがった。

好奇心の旺盛な九歳になるチャメリーは、絵の具をつけてもらった筆を鼻でたくみに操って、縦長の看板のようなキャンバスに、点を打ったり、曲線を描いたり、デザイン画のような絵を描く。色は赤にとくに反応するらしく、そのときは筆づかいが変わるという。が、その様子をじっと見ていると、絵を描くのが楽しいというより、飼育係のおじさんが横で大喜びするのを見るのがうれしくて、絵を描いているらしい。そのうち隣にいたゾウも真似をして、筆を取る、というか鼻先でつかむ。横の連鎖である。

もう一頭のシュリーは五歳で、この子ははじめ絵の具の匂《にお》いを警戒し、キャンバスの前に連れてゆくとすぐに頭を下げ、後ずさりした。もういちど連れてゆくと、また後ずさりし、ついに硬直……。それでも飼育係のひとは根気よく、毎日キャンバスの前に連れてゆき、まるまる一年が過ぎてようやく、シュリーは絵を描きだした。飼育係が手を添えて描くのだが、なぜか描くのはキャンバスの左半分ばかり。ときに飼育係の手を振りはらってざざーっと荒々しい線を引いたりする。

いつしか二頭にとって「おえかき」は日課のようになり、練習を重ねてついに、数字やハートマークを描くまでに上達した。そしてこんどはゾウにゾウの絵を描かせようと、飼育係は張り切る……。ちょうどその頃からである。ゾウは筆を持つその鼻でシューシュー息を吐いたり、筆を落としたりするようになった。

話を聴くうち、弾んでいた気持ちがだんだんと沈んできた。ゾウと人間の子どもが二重写しになり、まるで学校での顚末《てんまつ》が語られているみたいで。

幼稚園でまず教わるのは、お歌とお遊戯だ。最初はてれたりぐずったりしている園児もよく見かけるが、やがて「だーれが生徒か先生か」というメダカの学校のような光景が拡がってゆく。ゾウの場合とおなじである。

学校に上がれば、それが音楽の時間、体育の時間に替わる。するとそれは楽しいものではなくなってゆく。音程を合わせたり、動作をそろえることが求められるようになるからだ。何が楽しみをかき消したのか。

何かを強制されることがおもしろくないのだという考え方もあるが、何かを強制されることがつねに苦痛なわけではない。犬ぞりの犬も楽しそうだ。「おえかき」するじぶんを注視している人のそのうれしそうな顔を見るのが、ゾウにはうれしいのだ。幼稚園の先生はいっしょに歌って踊って楽しそうだったが、学校の先生は、音を外すと、動作がばらばらになると、顔をしかめる。それを見て楽しかろうはずはない。

教える人はほめなくていい。うれしそうにしていれば、というより心底うれしければ、それでいい。子どももっと喜ばそうとがんばる。お年寄りだってそう。子どもにちょっかいを出し、その子がきゃっきゃっと喜んだり困ったりするのを見て楽しみ、さらに工夫を重ねる。

子どもに共同生活のルールを教えるのが学校という場所である。が、ルールを教えるためにまず伝えなければならないのは、ルールが成り立つための前提である。つまり相互の信頼感。それはともに幸福を分かち合うという経験から生まれてくる。教育においてもその原点を忘れてはならない。

最近、微妙に音程の外れた子どもの歌がテレビ・コマーシャルでいくつか流れているが、ひょっとしたら、人びとはそうした調子外れを許容するような社会の空気を懐かしがっているのかもしれない。メディアは一人のオリンピック選手の「服装の乱れ」を激しく糾弾《きゅうだん》したが、市井《しせい》の人たちはそれほどいらついてはいなかった。もうすこし冷静だった。

小さな手がかり

緊急避難としての「こころのケア」というのは、ありだとおもう。ひとが心身ともに砕けて、その場に倒れそうになっているとき、つっかえ棒になれる人がそばにいるのは、とても大事だとおもう。その場を去らずに、「荷物半分もってあげるからね」とずっと傍《かたわ》らにいてくれる人の存在に、ひとは救われる。

けれども、しんどいのはその次だ。じぶんがその存在を保てなかった場所にふたたび戻っても、きっと身の置き所がないだろう。またおなじ仕打ちを受けるにきまっているとおもうと、とたんに脚がすくんでしまう。鼻つまみもの扱いされたじぶんがまわりとの関係を変えられるはずがない……。だから、一時のつっかえ棒よりも、これから裸足《はだし》でひとり立つその場所が平らであること、荒れていないこと、ガラス片が土から突き出ていないことのほうがもっと大事だ。

いじめをめぐる報道では、校長先生がまるで口裏を合わせたかのように、「こころのケアが必要だ」「学校としては把握していなかった」と答えておられるのに、大変だろうなとそのご苦労を察しつつも、やはり強い抵抗をおぼえる。

後者の台詞は、報道陣の「責め」を肌で感じての対応だろうが、とっさに責任の所在に気がゆくのには首をかしげる。とるべき措置としていちばんに、「こころのケア」のプロ、スクールカウンセラーの導入を考えつくことも、すっとは受け容《い》れにくい。

いじめを受けた児童にとって、彼／彼女が置かれた境遇をそのまま受けとめてくれる人がいることは救いである。こころのダメージがひどく、とても壊れやすくなっているので、そこは経験豊富なカウンセリングのプロに、と言わんばかりに、その子のケアをプロに「委託」するのだろうが、これはいただけない。

「委託」することで、子どもの口からこぼれてくるひりひりした言葉をみずからの手で掬《すく》いとろうとはしなくなることで、ますます子どもから隔たってしまうということも怖れるが、それ以上に、その子のケアが対面的なものにのみなってしまうことを怖れる。というのもケアは、その子のために居場所を確保できるかどうか、回復できるかどうかに、懸かっているからだ。

「仲間をつくろう」「もっと明るく元気になろう」というのはここでは禁句である。そうなれないい、あるいはそのように演じられないからこそいじめにあったわけで、そんな不器用な子どもでも、そのままで、怖がることなくそこにいられるような、そういう場所をどう確保するかに、ケアは懸かっている。わたしはかねがね、教育は「教え育てる」ことにあるのではなく、そこにいたら子どもが勝手に「育つ」ようにそういう場所をしつらえることにあると考えてきたが、おなじことがケアについても言えるようにおもう。

が、こんなに難しいこともない。だれにも正解はわからない。大学でもおなじこと。わたしも机の配置を変えたり、たがいに「さん」づけで呼びあうようにしたり、教えるよりも聴くことに重きを置いたり、授業のあとに注意を払ったり、裏でこっそり声をかけたり、だれかにフォローを頼んだり、ときに一芝居打ったり、予告なしにゲストを招いたりと、いろんな工夫をしてきたけれど、学生の心持ちをほんとうにかき混ぜたり、こねたりできてきたかというと、まことに心もとない。せいぜいときたま、微《かす》かなひっかき傷を残せたくらいだとおもう。

子どもは子どもたちだけで社会をつくっているのではない。子どもたちを取り巻く環境には、同時代の社会のさまざまな軋《きし》みやひび割れが影をさす。いや、地震のように底から揺さぶる。だれにもそれを防ぐことはできない。が、そうした綻《ほころ》びを気づかうことはできる。その綻びを気づかうおとなの姿を、子どもたちはきっと視線の端で見ているにちがいない。小さな手がかりとして。

たなごころ

子育てにかかりっきりになっている若いお母さんを見ていて、いつも、ああ、もっと手があればよいのに、とおもう。いまの育児には手が足りなさすぎる。昔だったら、だれかがすぐに「ちょっと代わってあげよ」と、手を差しだしたものだ。

子育ては手抜きのできない厳しいものだが、同時に楽しみでもあるはずである。新しいいのちがどんどん育ってゆくのだから。けれども、いまの若いお母さんのように、たったひとりで赤ちゃんの世話をするというのは、どう考えても手に余る。ひとりの人が別のひとりの面倒をそっくりみるというのは、どだい無理な話だからだ。そんな務めは個人にとってあまりに重すぎる。とても単独でできることではない……。

と、ここまで書いて、ふと、「手」という語をもう五回も使っていることに気づいた。

ここで「手」は、人、もしくは支援する人の力を意味する。「働き手」「話し手」の「手」

は前者の意味であり、「手が足りない」「救いの手を差しのべる」というときの「手」は後者の意味でいわれている。

「手伝い」「手当て」「手ほどき」というときには、相手の立場になって、心を込めて、他者にかかわる様子がよく出ている。「手数」「手間」「手応え」「手厚い」「手堅い」というときにも、何かを一つ一つていねいに、真心を込めて、十分すぎるくらいにたっぷりと取り扱うさまがよく表れている。

何かを供えるときには「手向ける」というし、何かを大事にするときには「手塩にかける」とか「手をかける」という。（ずいぶん昔の話になるが、手をかけられる「おてかけさん」と目をかけられる「おめかけさん」、さてどちらがより大切にされていたのだろう？）

「手控え」「手抜き」「手ぬかり」「手落ち」「手加減」「手軽」「手ぬるい」などは逆に、なおざりにされたり、いいかげんな扱いを受けることを意味するが、そのばあいは、「手」が控えたり、抜かれたり、落ちたり、省略されたりしているわけで、「手」じたいはやはり大事なものとみなされている。「手口」「手練手管」となるとよからぬ意味になるが、そのばあいも、「手」を姑息《こそく》に、あるいは別の思惑で使うことに非難は向けられているのであって、「手」じたいが悪いわけではない。

異物もしくは他の個体に触れるとき、人間以外の霊長類は、掌ではなくて手の甲でそれに触れるといわれる。人間は指先や掌でものに触れる。掌というのは、手の内側である。ごつごつした手の甲とは反対に、ぶよぶよして柔らかい。胴体でいえば、背に対して腹の側にあたる。人間にとってはこちらが〈内〉であり、背面が〈外〉である。そして人間の交際は、たがいに〈内〉と〈内〉を接触させるところになりたつ。握手がそうであり、抱擁がそうである。性交においても、〈内〉を合わせるのが「正常位」とされる。

〈内〉を触れ合わすこと、これが人間においては信頼のしるしである。それぞれにとってもっとも弱々しい部分を、無防備にもじかに接触させるのだから。反対に、敵にはからだを丸め（塞《ふさ》ぎ）、背を向ける。

祈るときには、ひとは掌――「てのひら」は「たなごころ」（＝手の心）とも読む――を合わせ、からだに円環をつくる。気を外に出さないためである。深く瞑想《めいそう》したいときは、気が散らないように、たとえば手を額に当て、ここでも円環をつくる。

逆に相手に深くかかわろうとするときには、まずはみずからの〈内〉を差し出す。手当てにはおそらく、相手のからだにみずからの〈内〉を当てることで、相手からそれに応えようとする力を呼び覚ますという意味があるのだろう。相手の手をぐっとつかむのは、相手につかまれることを望むからであり、抱くとはみずからも強く抱かれることを望むからであろう。

くじけない人

舞踏家の大野一雄が齢《よわい》九十を迎えんとしている年だったとおもう。だとすると二十世紀も終わり近くになった頃。大野の公演をじかに見られるのもこれが最後になるかもしれないという思いもあって、わたしは大阪・道頓堀《どうとんぼり》へ走った。

老女になり、少女になり、ダンディな中年男になり、最後はまるで皺《しわ》のドレープをまとったような半裸になる。衣裳を脱ぎ替えるなかで、国籍が消え、性が消え、年齢が消えてゆく。席がなくてステージの真横の地べたに座り込んだ少女が、涙をいっぱい溜めて、じっと古老の舞を見上げていた。舞とともに少女のその姿がいまも脳裡《のうり》にくっきり映っている。

その夜はじめて大谷燠《いく》さんに会った。そのときかれは、会場である大阪ミナミのトリイホールのプロデューサーをしていた。

納得できない理由があったのだろう。トリイホールが閉鎖になって、しばらく姿を見なかったが、ある日、新世界と西成《にしなり》のあいだにあって廃墟同然になっているフェスティバルゲートでダンスボックスを立ち上げた。下町の商店街で現代ダンスが定着するのかといぶかっていたが、はじめて公演を見にいったとき、近所の人たちも楽屋におられて驚いた。アジアの諸地域との交流も深まり、アジア現代舞踊の拠点になりつつあった。

しかしそのダンスボックスも、大阪市の支援が切れて立ち退きを強いられ、事務所を移さざるをえなくなった。そして新大阪に移転した。立ち退きをめぐっては、抗議集会ではなく、芸術の公的支援をめぐる討論集会というかたちで、現場で支援してきた大阪市職員も招待していた。呼びつけるのではなく。

そしてこのたび、神戸市が「大阪市の失敗」を承知したうえで、新長田にはじめから長期間持続的に公演をおこなうことという条件で施設を貸してくれることになった。震災の被害がもっともひどかった地域。被災住民、新住民、在日アジア人、障がい者、そして高齢者と、さまざまな境遇の人たちが集まっている地域だ。ここで「劇場」が地域再生にどうかかわれるのか、これまでの実験を続けるという。

新今宮から新大阪へ、そして新長田へ。おもえば、大谷さんは「新」とつく町を漂流してきた。ニュータウンとしてつくられた町ではなく、さまざまの境涯にある人たちが果てしない摩擦をくぐり抜け、そこにしかない「自生」の途を求めざるをえなかった地域だ。「孤立している〈個〉をアートがいかに掬い上げ、協働へと巻き込むか」、そのシステムをつくりたいのだと、いただいた手紙に書いてあった。

アートがアートに無縁だった人たちを巻き込み、社会的な活動として広がりつつある。そのなかには、この拡散をアートの平板化として危ぶむ声もある。けれども、アートの質を「美的完成」の視点からではなく、「孤立している〈個〉をいかに掬い上げるか」という視点から問う大谷さんらの意志を支持したい。

大谷さんは古老と少女をふれあわすというように、無縁を縁へと取り結んでゆくのを楽しむ人だ。文面からは、形になりかけたとたん畳まざるをえないという経験をくりかえしてきた人の、ため息ではなく、喜びの予感が伝わってきて、こちらのほうが励まされた。

師長さんたちの豪放

病院には、看護師の業務をとりまとめ、かつ指導する看護師長という職務がある。かつて「婦長さん」と呼ばれていた頃は、なにかとても厳しい方というイメージを遠くから抱いていた。

「臨床哲学」というプロジェクトを十数年前にはじめてから、ケアの現場にかかわることが多くなり、看護師長という立場におられる方々とのおつきあいも増えた。じっさいに「師長さん」にお目にかかると、「婦長さん」に対してかつて抱いていたイメージが、いい意味でどんどん崩されてゆく。

わたしの出会った師長さんたちは、しぶといというか、打たれ強いというか、懐が深いというか、みなさんなんとも豪放なのである。それに、これはたまたまとくに親しくしていただいた方々にかぎられるのかもしれないが、みなさん不思議とお酒好き、それも手ごわいほどに強い。

病む人のケアとしての看護は、いのちのトラブルや衰え、陰りに立ち会う仕事である。そしてしばしば〈死〉という、人間にはどうしようもないものに向きあうことの多い仕事である。なのに、看護師長たちのことばには、「胆を冷やすこと、やりきれなくなることも多いけど、最後はたいていどうにかなるものよ」といった、〈生〉についての達観がたしかなものとしてある。

一方で、のるかそるか、つねにいのちの汀《みぎわ》に立っていながら、他方で、最後はなんとかなるという楽観。宥和《ゆうわ》しがたい両極を受容する（せざるをえない）この幅の広さが、師長さんらに豪放な印象を与えているのではないかとおもう。

精神科医の中井久夫さんが、どこかで、「無償の育児」について書いておられた。母親は赤ちゃんを、愛情を込めて、一つまちがえば取り返しのつかない懸命の世話をするのだが、とくに生後三か月間はそれに対してなんの反応もなく、つまり見返りがない。この見返りのなさという経験が、意識のない患者さん、老人性の認知症患者者、感情を表に出さないうつ病患者への、見返りなしの看護の耐性につながる、と。

看護師さんたちの仕事を傍《はた》で見させてもらっていると、意識してなされているわけではないが絶妙のタイミングで繰りだされるわざに驚くことがある。これはきっと、いのちの汀で、場数《ばかず》を踏んできたことからくるのだとおもう。

場数。おとなたちは長らく、子どもにこうしたいのちの汀に立つことをできるだけ免除してやろうとしてきたが、はたしてそれでよかったのか。

たしかに受験については場数を踏んではいるだろうが、これは踏みたくない場数である。というのも、相容れがたいものをともに受容するという両極性はそこになく、ただ合否という二者択一があるだけだから。それにこのごろは受験も、採否を決める学校のほうがへりくだって、勧誘に必死だ。受験してくださいと、オープンキャンパスを繁く開き、食べ物の交換券まで用意するくらいだ。そう、受験生は「お客様」として迎えられる。それを場数とはいわない。体を張る、つまりはいのちの汀に立つという経験の対極にあるものだからだ。

土下座

ひとが土下座する姿を最後に見たのはいつのことだったか。他人の足許にひれ伏し、すがり、ひたすら詫《わ》びる、あるいは懇願する、そんな場面に遭遇することがなくなって、いったいどれくらいになるだろう。

口惜しさを圧《お》し殺し、あらゆる自負を棄《す》てて、地べたに這《は》い、頭を地面に擦《こす》りつけて、必死で許しを乞う。土下座する、そんなおのれの姿を他人に見られるというのは、まことに辛いことである。そして人生においても数回、あるかないかのことである。

土下座は、ぎりぎりまで追いつめられた人が打つ最後の手だ。人としての矜持《きょうじ》が木っ端みじんに打ち砕かれる。みずからへの隔たりがとれないという意味で、みっともないというか、口惜しさの極みというか、とにかく他人の眼にさらされたくないものである。

もちろん、ひとは土下座しながら、それを演技として意識することで、最後の矜持を守ろうとすることもある。謝りにこれほど明確な形はないような形をあたえることで、逆に、ほんとうは納得して謝っているわけではないという意地というか、メタ・メッセージを送るのである。

けれども、こんなふうにおもうわたしはすでに、土下座のほんとうの意味から遠ざかってしまっているのかもしれない。

和辻哲郎に「土下座」という掌編がある。和辻自身とおぼしき若者は、祖父の葬式のとき、会葬者が帰るその道端にござを敷き、父とともに土下座をする。人びとの足に会釈しながら、会葬者がどんな顔をし、どんなお辞儀をして通って行くかがわかったという。ある人はいかにも恐縮したようなそぶりをし、ある人は涙ぐんでいるように見えた。祖父の霊をあいだに置いて「これらの人々の心と思いがけず密接な交通をしている」のを感じた、と。和辻はそこに「形の意味」を再認した。

ひとは赤子のとき、思いどおりにならないとむずかって、それこそ必死でわめく。その必死の思いをあらためて他人とのあいだに置き、相手と決裂するすんでのところで、我慢もふくめ土下座という「型」に収めうることが、きっとおとなになるということなのだろう。

済まない、かたじけない、申し訳ない……。そんな必死の思いに囚《とら》われることがなくなったのだろうか。こんなことで済むとおもっているのか、という強迫も感じなくなったのだろうか。土下座する、正座して手を合わせる、あるいは号泣する、そんな「必死」の陳謝、懇願、感謝を、ひとはもう必要としなくなったのだろうか。

そんなはずはなかろう。けれども「必死」のこうした消失が、死を賭《と》するほどにいのちに値打ちがあるわけはないという現代人の思いをもし反映しているのだとすれば、それは土下座よりも悲しい事態である。

他人に必死で詫びるとき、謝るときのその姿を、おとなはもっと若い人たちの前にさらけ出していいとおもう。だれかの「必死」の姿にふれてこそ、ひとは生きることの重さを肝に銘じることもできるようになるのだから。土下座はかつて、若い人たちに生きる力を伝える型でもあったとおもう。

3

人生はいつもちぐはぐ

幸福への問い

「しあわせ」というのは不思議な感覚で、傍目《はため》にはずいぶん幸福な生活をしているようにみえても、本人はそうと感じていないことが多い。なんの不満もないだろうと人が羨《うらや》むような生活にも、さまざまの悩みや不安が小さな棘《とげ》のようにちくちく刺している。念願の試験に合格したとか愛する人と結婚したとか、そのときは幸福の絶頂にいるように感じられても、なぜかしばらくするとごくふつうの日常の感覚に戻ってしまう。幸福感というものはどうもそのままでは持続しえないものらしい。

これを裏返していうと、幸福は失ってはじめてそれと気づかれるということだろうか。東日本の震災のときにもそう思い知った人は少なくなかったとおもう。家族や友人・同僚を失った人、町や村を失った人。失ってはじめてこれがほんとうに大事なものだったとわかる。これだけは失《な》くしてはいけない、これだけは見失ってはならないことだとわかる……。幸福への問いは、得たものの多さではなく失ったものの大きさに気づくことによって深まるものといえそうだ。

上級公務員の養成のためにつくられたフランスの行政大学院では、幸福への問いもふくめて人生の、社会生活の、もっとも基本的なことがらを問うという目的で「哲学」の学習と論文執筆が義務づけられていると、一九八〇年代ごろだったか耳にしたことがある。調べたことがないのでいまもそういう義務が課せられているのかどうか定かではないが、なかなかにまっとうな教育方針だとおもう。公務員とは一人でも多くの市民が幸福になるような社会をめざして公共世界の安寧のために尽くす職能であるとすれば、幸福であるとはどういうことか、よき社会とはどのようなものかについて、見識のない人に行政を任せることほど危ういことはない。だからそういう公務に就く人には哲学の学習を課す。これは考えてみればあまりに当然のことである。模擬試験の成績がよい者には、医師をめざせ、上級公務員をめざせと誘導するこの国の教育は、根っこのところから組み立てなおす必要があるのではないか。つねに公共のもの全体に目配りする「教養」というものの育《はぐく》みこそが教育の柱とならねばならないのでは。

職業をあらわす語は英語にもいろいろあるが、その一つにコーリングがある。コーリングとはその語義のとおり「呼びかけ」のことである。つまりあることを生涯の仕事となすべく神からじぶんが召喚されているという感覚をもてたとき、それが「天職」となる。「責任」という語も、日本語で記すと「責任を問われる」「責任を負う」というふうに他人もしくは機関から詰問されるもののような印象が強いが、英語でいう「リスポンシビリティ」は「応答する」（リスポンド）と「能力」（アビリティ）の合成語で、他者からの呼びかけや訴え、懇願や要請に「応える用意がある」ということである。被災地へボランティアの一員として出かけた人たちは、「責任感で行ったのですか」と問われれば絶対にイエスと答えないであろうが、「Can I help you? という感覚で行ったのですか」と問われれば「そうかもしれない」と答えるにちがいない。

公務員の「務め」もそういう感覚でなされるものであるべきだろうとおもう。おのれの知的才能を公共の幸福のために用いることに決めた、そういう気前のいい（「リベラル」の第一語義である）人でまずはあるべきだとおもう。

「ひとりで幸福になろうとしてもそれは無理よ」。これは寺山修司が年配の風俗嬢の言葉として紹介しているものだが、なかなかに味わい深い。

人生は複線で

卒業のシーズンである。そして定年退社の季節である。

定年を迎え、これから何をしていけばいいのか途方に暮れているらしい人は、わたしのまわりにも少なからずいる。けれども、これまで会社勤めのあいだできなかったことがやっとできるようになると、心をときめかせている人もいる。逆に、これまで会社でずっとやってきたことを、別の場所でも活かしてみたいと、これまたしずかに胸を膨らませている人もいる。

違いは何か。列車にたとえると、一つの列車で一つの線路を走ってきたのに、ふと線路が途切れ、呆然《ぼうぜん》としている人と、かつて乗ったこともある列車で別の線路を走ろうという人と、乗り慣れた列車で別の線路を走ろうとしている人とである。

じっさい、この歳になり、まわりの同世代の知人たちを見回して、つくづくおもうことがある。学校時代、優等生だった人で、その後大企業で管理職まで勤めあげたクラスメートよりも、当時はなかば不良やナンパ呼ばわりされ、放課後は学校も早々に退散して街に繰り出し、学校外の仲間とのネットワークもいくつももっていて、それをずっと手放さなかった人のほうが、この歳になると、人としての厚みや貫禄がついているようにみえるということだ。

せつないのは、おなじ列車に乗っていると勝手に思い込んでいた連れ合いが、じつはおなじ速度で隣りの列車に乗っていただけのことで、線路は知らないうちに逸《そ》れてゆき、気づいたときは列車も見えないほど遠くに隔たっていて、声をかけても届かないといったケースだ。こういうケースは案外多いかもしれない。

じぶんはじぶんであると納得のゆく理由、それをアイデンティティという。アイデンティティティは一つに絞る必要はなく、複数あっていい。というか、複数あったほうがいい。複数あれば、そのうち一つが弱ってきても、あるいは外されても、残りのアイデンティティを丁寧に生きていれば、「わたし」はたぶんびくともしない。逆に一つのアイデンティティしかなければ、それが外されれば「わたし」も崩れてしまう。

わたしがここで言っているのは、「一つのことに集中するな」ということではない。一つのことに集中しているときでも複眼をもて、ということだ。一つの光を当てるより二つの光を当てたほうが世界はより立体的に浮き彫りになってくるのとおなじように、一つの事業をおこなうにも、それを内からと外からと逆向きの二方向から見るほうが、進むべき道がよりはっきりと見えてくる。

どんな事業であっても、ゴールまで一直線でたどり着けるものはめったにない。たいていは途中で何度も挫折したり、あるいは軌道修正を、さらにはいったん撤退を余儀なくされる。そんなとき、いちばん必要なのは、〈外〉からの別の眼だ。そういう複眼がないと、事業は動脈硬化を起こし、現状を打開する策も見えてこない。

そういう複眼を独りで磨くのはむずかしい。複眼がもてるかどうかは、じぶんとは別な生き方、ものの見方をしている人たちと、どれくらい深くて幅広いつきあいをしているかにかかっている。いいかえると、複数のネットワークをもっているか、複線の人生を歩んでいるかに、かかっている。そういえば昔、ある企業の長老がこんなことをおっしゃっていた。会社の経営がしんどくなったとき、つい電話をかけてみたくなるのは、経営の先輩ではなくて、旧制高校でともに寮生活を送ったあと、まったく別の道に進んだ同級生だ、と。

不足だからこその充足

おのれの身元に不明なところがある。おのれの出自に納得できないことがある。父親を知らず、そして祖母に母として育てられたという、そんなじぶんの〈存在の欠損〉と向きあい、もがくことから、その映画制作を開始した人がいる。

河瀬《かわせ》直美《なおみ》。奈良を活動の拠点とするこの監督は、二〇〇七年、三十八歳のときに「殯《もがり》の森」という作品でカンヌ国際映画祭のグランプリを受賞した。それをきっかけに、中小企業の経営者、喫茶店主、寿司職人、会計士、ホテルのマネージャーなど、奈良に住む彼女とほぼおない歳の人たちが、数年がかりでついに「なら国際映画祭」の開催にこぎつけた。

この映画祭、〈存在の欠損〉という、河瀬のその疼《うず》きをまるで代弁するかのように、いたるところ不足だらけだ。

映画祭の目玉は、NARAtive。「奈良的」ということと「物語」とをひっかけたプロジェクトだ。国内外の若手監督が河瀬のプロデュースのもと、奈良を舞台に映画を撮る。が、資金がどうにも足りず、一本の映画にプロの俳優はたった一人。撮影には一週間しか充てられない。

シナリオの未完成が、俳優を激しい緊張状態に追い込む。そして俳優とは何かという自問に突き当たる。一方、現地で採用した素人俳優は、裏方としての仕事もこなしつつ、生まれてはじめて虚構のシチュエーションのなかに全身を投じる。そしてそのうち、ふだんとおなじ場所でふだんは考えられないような感受性に突き動かされているじぶんに気づく。この制作過程は、もはやプロダクションのそれではなく、地域でのワークショップに近い。そこには、映画制作というものを根本から変えてしまいそうな予感すら漂う。

河瀬は激しい人である。創作において妥協を知らない。これを裏返せば、日常における円滑な人間関係の欠損でもある。で、まわりの者ははらはらしながら、彼女の熾烈《しれつ》ともいえる熱気にあおられ、気がつけば、損を承知で身を削り、「しゃあないなあ」と彼女のケアをしている。彼女におけるこの欠損は、ブラックホールのようにまわりの人たちのエネルギーを引き込む。

そして最後に、河瀬の映像に特徴的な、表現の過少。台詞が異様に少なく、事の次第もほのめかすだけだ。そんな削りに削った表現でもきっと伝わるだろうものに、河瀬は賭《か》けているように、わたしには見える。人として絶対に守らねばならぬもの、人として最後の最後に通じあえるもの。

入場収入のために娯楽性を図ることをしないのに――選ばれた海外からの作品のほとんどが、時代にもみくちゃになって迷い、鬱《ふさ》ぎ、あがいている人たちを描いたものだ――、にもかかわらず数多くのボランティア・スタッフがこの映画祭に集ってきた。資金の過少、世渡り上手の不足、そして抑えた表現。これらの〈欠損〉から逆説的にも生まれた比類ない熱さ、そして表現の濃密さは、いったい何を意味しているのか。考えどころである。「足るを知る」という言葉もふとちらつく。つまり、不足のなかに充足が立ち上がること。

底なし

「現場の声」を聴くというとき、その声はスタッフのそれである。これはヒアリングの対象とされる。一方、「当事者の声」はおなじ聴き取りでもリスニングの対象となる。この二つをあえて区別すれば、ヒアリングはそれなりの声（意見）をもつ人の聴き取りであり、リスニングは声を上げられない人、思いをうまく口にできない人の聴き取りである。傾聴やカウンセリングがこれにあたる。

当事者の話をその人が語りつくすまでじっと待って聴く。これが聴くことの基本である。「聴く」というのは、相手がじぶんについて語りつくす（＝対象化する）ことによって、みずからの鬱《ふさ》ぎとのかかわり方をこれまでとは変えるというかたちでなされるケアである。けれども話をよく聴けるのは、相手のそばにいて、相手のことをよく見知っている人だとはかぎらない。施設の常勤スタッフや身近な家族よりも、少し隔たったところにいる外部の人のほうが、よく言葉を迎えることができるものである。

が、研究者やカウンセラーなど聴き取りのプロは、たいていはあるテーマ、ある見通しのなかで聴くことが多い。つまりそれは、聴く側が聴きたいことであって、相手がほんとうに話したいことであるとはかぎらない。

ある聴き取りのプロが言っていた。聴き取りについてきた未経験な学生たちのほうがうまく聴けることがある。ある介護施設でのこと。あるお年寄りが、山菜を採ってきて料理をしても、孫らは食べてくれないし、そもそも見向きもしないとこぼす。が、学生たちはすぐに口にし、「苦い！」とか「意外と美味しい」と反応してくれる、そして根掘り葉掘り訊《き》いてくると、うれしそうに話したそうな。

聴かれるはずのテーマから外れるなかで、はじめて話したいことが出てくる。それはおそらく、聴く側の、話を聴くことじたいが面白くてたまらないという関心が、聴かれる側に伝わるからだろう。だからつい「こんどはいつ来るんだい」と学生たちに声をかける。じぶんが受け身の（介護）対象なのではなく、ひとりの「個」として、腐れ縁のない別のだれかに向きあっているることが、なにかとても新鮮に感じられるからだろう。

とはいえ、お年寄りは初対面の彼らにはほんとうに大事なことは話さない。そういうことは、ふだんのふるまいや家族関係をよく知っている人にしか聴けない。学生たちは、何でも受け容《い》れる大きな「聴き袋」をもっているわけではない。あるていど人生の苦渋を舐《な》めてきた人にしか聴けないことがある。が、施設での介護サーヴィスでは、限られた時間のなかで、一人ひとりからたっぷり話を聴く時間など許されようもない。そもそも一人の話を深く聴き込んだら、だれのどんな些細《ささい》な変調も見逃さないという介護「技術」そのものがおろそかになる。

それに、スタッフには経験上、「これを知ったらしんどくなる」と直感する瞬間がある。それをあえて知らないでいることでしかできないサーヴィスがあるのだ。割り切ることでかろうじてやってこられたというところに、深く聴き込むことで割り切れないものを持ち込むことの危うさがある。

「現場」とはなかなか一筋縄ではゆかないところだ。そこに集うさまざまな人それぞれに、思いの立ち上がるポイント、その立ち上がり方が異なる。そしてそれらが絡まりあって、一つの世界をかたちづくる。形にならない形を、である。一つの視角から見通せないのが「現場」というものなのである。

「現場の声」という言い回しをよく耳にするのも、一つの視線にはかならず死角というものがあるからだ。けれどもその「現場」で働いているスタッフの眼にも死角はある。その死角から上がる声にも、さらに聞こえていないものがある……。「現場」はそういう意味で底なしである。

あえて口喧嘩

先だってある私立大学の学長が、知りあったばかりなのに、こんな話をしてくださった。彼の奥さんは、お気の毒に重度のリューマチを患っておられる。ここ数年、体調がいよいよ芳しくなくなり、気持ちに余裕がなくなって、つい投げやりな言葉、棘のある言葉、あるいは言葉足らずの口調になることが多く、ご夫婦のあいだで口喧嘩《くちげんか》が絶えなくなっていたのだそうだ。痛みが意識の窓を小さくしてしまう、そんな苦しさは、たえずちりちり腸の痛みに突かれているそんなわたしにも他人事とはおもえない。で、「許してあげたら」と返したくなった。

「朝に、その口論を使うんですよ」

そのあとすぐに漏《も》れてきた言葉に、わたしは息を呑んだ。そして彼はこう続けた。「すると夕方はいつもより元気になるんです」。意地や負けん気を引きだすということか。

それに、彼はこんな「手」も使うという。出がけにいろいろ頼み事をしておくこと。たとえば「炊飯器のスイッチ、入れといてね」「郵便物、取り入れてといてね」というふうに。ちょっと突き放すこと、何でもかんでもいたわるばかりでないこと、それが相手を元気づけるということがあるというのはたしかに人生の知恵だ。くっついたり離れたり、突き返したり抱きあったり、そんな磁石のような関係をながらく続けていた間柄において、はじめて使える「手」ではあろうが。

うらぶれたバーでのママとなじみの客の会話を、ふと想像してしまう。

客の愚痴《ぐち》に「ふんふん」と頷《うなず》き、慰めるのは、まだまだ新米である。熟練のママは、そんなにストレートに耳を貸さない。「しょうもな、聞いとられんわ」「鬱陶《うっとう》しいことばっかり言うて」「もうちょっと楽しい話できひんの」とばかりに、わざとつっけんどんに言う、つれなくする、憎まれ口を叩《たた》く、そんな返し方をするものだ。

からかうこと、はぐらかすこと、そらすこと。とりあわないこと、聞き流すこと、聞こえてないふりをすること、聞かなかったことにすること。そんな搦《から》め手のわざを、熟練のママさんたちはみごとに使う。ふんふんと相づちを打ってもらえれば客は慰められるのだろうに、あえてこんこんと諭すこともある。客からすれば「なんで金を払って説教されんならんの」

とでも言いたいところだろうが、客は客でじつはけっこう満足しているのである。

近ごろの若い衆がよくつぶやくように、「このままのわたしを認めてほしい」という気持ちは、いくつになってもある。「わかってほしい」「ほう、と感心してほしい」といった気持ちである。けれども、それにほいほい応えるような慰め方はなんのためにもならないことを、酸いも甘いも知り尽くした人生のベテランはよくよく知っている。だから、相手が言葉をとりあえず受けとってほしいのだとわかりながら、あえて突き放すといった手に出る。

が、ここが重要なのだが、熟達したママは、はぐらかしながらも、そらしながらも、けっして相手を置いてきぼりにはしない。その場から去ることをしない、相手に背を向けることはしないのだ。なんだかんだといって、愚痴やいじけに最後までつきあってやる。そう、相手にじぶんの時間をやるのである（だから金もしっかりとる）。

元フライ級の日本チャンピオンとして敵を叩きのめし、引退してこんどはお笑いタレントとして叩かれ役になり、飲みつぶれたすえに暁の海に消えたあの、たこ八郎。その墓には「めいわくかけてありがとう」と刻まれている。酔いつぶれ、くだを巻き、悪態をつくばかりだったのに、あきれながらも最後までつきあってくれた、つまり「時間をくれた」、そのことにたこは心底「ありがとう」と言いたかったのだろう。

トイレでランチ

ついにここまできたか、と深いため息をつくばかりだった。

わが大学でも、とうとう昼飯をトイレの個室でとる学生が現われた。昼食時に、学生食堂や教室で、友人たちとおしゃべりしながらランチをとるその苦痛よりは、トイレで独りで食べるほうが楽、というのである。友だちとうまくいっていないからではない。うまくいくようにと、気を配るのに疲れるかららしい。

だれにもかまわれないで、だれにも気を遣わないで、マイペースで、一人っきりでとる食事。こっちよりはあっち、あっちよりはこっち……と、じぶんにとって楽なほうへ選択を続けているうちに、クレイジーとしかいいえない地点にまで行きついてしまう。そういう倒錯が、まるで自然の道筋であるかのように起こっている。

大学だけの話ではない。少なからぬ小学生も、休み時間に級友とのコミュニケーションを齟齬《そご》なしにとれるよう気を配るのがしんどくて、授業時間がくればほっとするという。授業中は生徒どうしの私語もおしゃべりも許されないからである。そういう前提があるから、級友とうまくやっていこうと気張ることもなしに済むからである。

いまの若い世代の人たちは、どうしてこんな息の詰まるような場所へとみずからを追い込んでゆくほかなくなったのか。どうしてこんな歪《いびつ》な息苦しさに包まれざるをえなくなったのかと、つくづくおもう。

人気者でなければならないという強迫。あるいはそこまでいかなくても、集団のなかでじぶんの場所、つまりみなに「じぶんのもの」と承認してもらえるキャラを見つけることができなければ、その集団からはじき出されるという恐怖。そういうものに急きたてられるようにして、ついウケねらいに走る。他者とキャラがかぶらないようにいつも顔ぶれを見回している。ネットでの噂をチェックし、メールにはこまめに返事を打つ。

このような強迫に、いまのおとなも幼い頃にはいつもつきまとわれていた。友人たちの「好き嫌い」をめぐる噂話ほど怖《こわ》いものはなかった。仲間内でのじぶんの評価を固めるために、だれかにしつこく取り入ったり、わざと勉強ができないふりもした。けれどもトイレで食事をするほどまでに、「コミュニケーション」が重荷になるとは……。

仲間から嫌われるのが怖いというのは、あるいは仲間内で突出しないよう気を遣うというのは、おとなだっておなじことである。が、子どもがここまで追いつめられるのは、子どもが生きる場所が、思うより以上に狭められているからではないかと想像する。子どもが子どもどうしのつきあいとは異なった場所にもつながっているということ、そこでは別の評価軸があり、敗者復活の道筋もいろいろ目に見えるかたちであること、そういう可能性が子どもたちからは見えなくなっていることが大きいのではないか。子どもたちのあいだにいるわけではないのでわたしは想像するよりほかないが、そのようにおもう。

学校の存在というものが子どもたちにとって破格的に大きくなってきたのは、学校の行き帰りと放課後、つまり地域という、子どもたちにとっての「学校の外」に、子どもたちがのどかでいられる場所がなくなってきたことにもよる。一時代前までの子どもたちは、おとなたちの視線が飛び交う地域のなかで、じぶんたちだけの場所を、おとなの目のつかないところに見つけ、こじ開けたものだ。「秘密の場所」として。それがいまは、「安全」の名の下に、おとなのほうが子どもの場所を設定し、子どもたちを隔離して、見知らぬおとなと接触させないようにしている。子どもだけで生活することの、それもおなじ年齢の者ばかりで活動することの異様さを、だれも異様だとはおもわなくなっている。

問題をそのあたりから考えなおすべき頃合いにきているのではないかとおもう。

「ワーク・ライフ・バランス」って？

長男の家族にもうひとりメンバーが加わることになった。待ちに待った初子だ。

去る人もいれば来る人もいる。世の中は人の行き来する四つ辻のようなもの。あたりまえのことだけれども、大震災で多くのいのちを失った後だから、そしてお盆を前にして、そうした思いが沁《し》みる。

誕生後、長男は一年間の育児休業に入るという。建築士をしているパートナーと相談のうえ、そう決めたらしい。力むこともなく、ふわーっと育児生活に入る。さてどんな父親になるのだろうと、父親の父親は興味津々である。

「ワーク・ライフ・バランス」という言葉がある。「仕事と生活の調和」と訳されることが多い。少子化社会に向かうなか、より多くの人が就労し、かつ働きながら個人生活を損なうこともないよう、職場や社会環境を整えるという課題が、こうした言葉で掲げられる。フレックスタイムという柔軟な勤務形態や有給休暇取得の奨励とともに、「男女共同参画」という理念と連動させつつ、育児休業制度や出産後の復職支援などが謳《うた》われてきた。

けれども「ワーク・ライフ・バランス」には、ちょっとした誤解がつきまとってきたようにもおもう。そのばあいのライフがもっぱら「私生活」を意味してきたことだ。個人は労働者としてある以外は、私人としてのみあるわけではない。地域住民、市民社会のなかの個人としてもある。ライフは「私生活」だけではないのである。

個々人の趣味や「能力開発」や家族の愉《たの》しみに割ける時間もたいせつだが、そうしたシティズン（市民）としての活動に向けられる時間を十分にとるというのも、「ワーク・ライフ・バランス」という取り組みの目標であるはずだ。

阪神・淡路大震災の年に出版された柏木博の『家事の政治学』は、まさにその点を衝《つ》いていた。十九世紀後半のアメリカの「家政学」運動は、家庭内に孤立する女性たちを解放するために、市場原理にもたれかかるのでも国家主導の支援にたよるのでもなく、「協同」というかたちで家事労働の問題を解決しようとした。が、じっさいにはこの取り組みは家事設備の電化やサーヴィス業への委託というかたちで進められ、男女の家庭内分業の廃止や、家庭外の人びととの「協同」（たとえば「公共キッチン」）といったかたちでの家事労働の解放にはつながらなかった。家事労働はいっこうに協同化されず、その運動は結果として、市場経済の展開に寄与するだけに終わったというのである。

「個人の自由」の名のもとにますます「私人」化されてきた個人の生活、それをシティズンとしての活動に開いてゆくために、「ワーク・ライフ・バランス」の意味をいまいちど考えなおしたい。このことが、ひるがえって政治のかたち、ワーク（仕事というより労働）のかたちを変えることにもつながる。

右肩下がり

すこし前の話だが、三宅裕司さんと南野陽子さんがホストをされている「ものしり一夜づけ」というテレビ番組にゲストとして招かれたことがある。その夜のテーマは「制服」だった。

「まずはこれを見てください」というフリとともに見せてもらったVTR映像は、都内のある公立高校の授業風景だった。どこにでもありそうな教室の様子にどう反応したものかとまどっていると、三宅さんが「よーく見てください」と言う。眼をこらして見てもよくわからない。すると三宅さんが説き明かしてくれた。「みんな制服を着ているけれど、その制服がみな違うんです」。

この高校には制服規程がないという。つまり、どんな服装で学校に来てもよいのである。そう、自由服。なのに男子生徒は全員、学生服、女子生徒はセーラー服を着ている。みんな町のショップでじぶんの好きな制服を買ってきて、それで通学しているのだという。その理由を説き明かしてほしいとおっしゃるのである、三宅さんは。

ちょっと勘ぐりつつわたしがひねり出した解釈は、こうだった。「みんな、いまが人生のピークだと思ってるんじゃないですか?」

いまがピークとは、これから先これ以上よくはならないということである。そのころ十代のひとたちのあいだで、「何もかも、見えちゃっている」という言葉が流行っていた。人生、これからどんなレールに乗り、どんな会社人生を送るか、ほとんど想像がつく。ちまちました人生。だったらそのレールに乗る前のいまという時間を大事にしたい、「高校生」という時間に浸っていたい、だから制服を着るのだ……という気分である。人生、これ以降はさえなくなる一方。すくなくともこれ以上よくはならない、という感覚である。

これは、高度成長期に高校時代を送ったわたしのような世代の感覚とは、正反対のものである。明日は今日よりよくなるという感覚、いまどきの言葉でいうと、「右肩上がり」の感覚とは反対の、「右肩下がり」の感覚である。浸っている時間の空気がまさに逆なのである。

その「右肩上がり」の世代が、いま定年を迎え、さらに不況のただなかにあって、生き方のダウン・サイジングに直面している。が、これは「縮小」でも「退行」でもない。

「右肩上がり」の時代というのは、人の生き方はかえって画一的だった。みんなが欲しいとおもうものも、ほとんどおなじだった。カラーテレビが、クーラーが、マイカーが、欲しくてたまらなかった。が、「右肩下がり」のいまは、みなが欲しいと殺到するものは意外とすくない。この時代のほうが人びとは横並びでなくなっている。

ダウン・サイジングはだから、「成長神話」や「生産主義」に骨の髄まで染められてきた世代にとっては、あるいは、つねに「改革」や「刷新」をしていないと社会はだめになると、前のめりで思い込んできた世代にとっては、むしろ救いなのかもしれない。前へ前へとつねにじぶんを駆ってきた世代が、定年を迎え、「前進」や「邁進《まいしん》」とは別の生き方を模索せざるをえなくなったとき、「右肩上がり」を知らない世代に感覚的に合流するということも、これからは大いにありうるのではないかとおもう。

紙一重の差なのに

ホームレスの人たちはさまざまな事情で親族や地域との関係を断たれ、「野宿者」の身になる。湯浅誠さんの「反貧困ネットワーク」の活動とともに名を知られるようになった「自立生活サポートセンター・もやい」は、十年前に定期的な相談会を設けたが、相談に来られる人の所持金の平均は五百円だったという。そこでまず、生活保護の申請の手伝いや、ホームレスの人たちにとっていちばん難儀なアパートに入居する際の連帯保証を引き受けることから活動を始めた。そして「ワーキング・プア」がメディアの関心を集めた頃から、ネットカフェ難民や、虐待から逃げてきた人たち、さらには失業者や性的マイノリティの人たちからも相談がひきもきらず来るようになり、さらにリーマンショック後の深刻な不況で「年越し派遣村」を中心になって担ったあとは、ずっと野戦病院のような状態が続いてきたという。

その「もやい」のスタッフや関係者たちがこの十年間の活動を、困惑や挫折をふくめ、率直に、そして考えに考えてふり返った本『貧困待ったなし!』(岩波書店)がこのほど刊行された。

当初、自由なボランティア・グループとして始めた活動も、相談件数の急増にともない、いやでも一定の組織化を進めなくてはならなくなる。その間にスタッフや当事者たちが経験することになったディレンマは、幾重にも折り重なって、深い。

即刻何とかしなければならないという、課題対応が先でやってきた「とっちらかり」の運動だと語っているが、同時に、一人ひとりができる範囲ですればいいし、事を決めるのはつねに全員でという方針を貫いてきたから、固定した業務分担とか有給化など、組織化にあたっての行動の変化は、彼らの活動の変質を余儀なくさせる。

だれでもすっと入ってゆける緩くて温かい空気を大事にしようと、迎える側と迎えられる側、あるいは当事者どうしの関係を創るためにたっぷり時間をかけたささやかな場所としてずっとやってきたが、この距離の曖昧《あいまい》さがいろんなトラブルを生むことはしょっちゅうだったし、関係が濃すぎてスタッフが「共依存の抱え込み状態」にはまってしまうこともあった。

けれども組織化すれば、関係が支援者と被支援者という役割に固定されてしまい、貧困という問題の核に「人間関係の貧困」があるという認識を後退させざるをえない場面も出てくる。それに、活動する者にとって仕事の場所がそのまま居場所になっているという、この活動の特徴をなす二重性も崩さざるをえない。本来、公的支援の制度から漏れてしまう人たちの支援だったのに、寄付から行政の補助金頼みに移行すると、変えるべき現行の制度に依存せざるをえないというディレンマにぶつかる。「〈もやい〉が遠くに行くようで寂しい」という、利用者たちの声も切実だ。

こんな困難な活動にずっと取り組んできた「もやい」のスタッフの経歴を、最終頁で一覧して驚いた。コアメンバーの人たちの生まれがほとんど一九七〇年代なのだ。つまり彼らは二、三十代の十年をこの活動に投じてきたのだ。彼ら自身、就労の困難に遭ってきた世代である。他方、彼らの世話になっているのは、ホームレスの人に限ればうんと上の世代である。彼らは同世代ではなく上の世代を支援してきたのだ。その彼らの活動を、この国の財政はいよいよ圧迫している。貧困も悲痛であるが、貧困というこの社会の構造的な問題に最底辺で取り組んできた彼らを、定年を迎えつつある多くの「われわれ」は支援するどころか、逆に傍観している。

単身所帯が日本の四割ほど占めるようになる二十年後、その「われわれ」が立ちゆかなくなるかならないかは紙一重の差であることを、この本は言葉を荒らげることなく告げている。

アホになれんやつがほんまのアホや

子どもの頃から、だれからともなく聞かされてきた言葉だ。アホになれんやつがほんまのアホ。アホは「ばか」とは（たぶん）違って人を蔑《さげす》む言葉ではなく、どこか慈しみにあふれる言葉だ。じぶんを凹ませたり、あえて笑い物にしたりすることで、その場の緊張を解く、そういう努力というか、気の利かせ方を褒めてやるという心根が、上方の、このアホという言葉遣いにはこもっている。

こういった心根は、わたしどものような「学者」にも分けもたれていて、じっさい東京の「先生方」が学会発表の途中で聴衆から苦笑が漏れたら「失敗した」とほぞを嚙《か》むところを、関西の「学者」は発表中にいちども笑いが起こらなかったら「きょうの発表はだめやった」と落ち込んでしまう。

阪神・淡路大震災のときもそうだった。夫の圧死についてたとえばこんなふうに語りだす被災者がいた。

「わたしが二階にいまして、一階にいた主人が、二階に妻がいます、助けてくださいと叫んだんです。そしたらな……（一呼吸おいて）二階が一階になりましてん」

これは詩人の佐々木幹郎《みきろう》さんからうかがった例だが、わたしも泣き笑いといったような語りに当時、何度も接した。笑いを混じえることで悲しみがきら星のように点滅し、感情のそうした振幅によって悲しさがいっそう深まる、そのような語りは、同時に、痛々しくて聴くにしのびない話を、それでも固唾《かたず》を呑んで聴こうとしているその聴き手の緊張を、さりげなくほどいてくれもした。そういう相手への思いやりが、慰められる側ともいうべき被災者の言葉にこもっていた。

じぶんがアホに見られても、ときには悪者にすらなっても、それでまわりが和むならそれでいい……というセンスである。江戸期からぎゅうぎゅう詰めの都市生活を送ってきた人たちが編みだした、せつなくもたくましい智恵なのだろう。

二つの「エコ」　落としどころは？

ほんとうのところこの問題についてどう考えたらいいのか、とまどっておられる方が多いのではないかとおもう。「環境問題」である。

地球温暖化についての衝撃的な報告にふれ、事態の深刻さに青ざめる一方で、その「温暖化」という事実把握に懐疑的な議論や、地球温暖化はCO_2といった一つの変数・要因だけをいじってどうかなる問題ではないという専門家の意見にふれれば、それも筋が通っているようにみえ、結局のところ判断がつかない。ただ「環境問題」ならずとも、産業社会のいまのあり方、ひいてはわたしたちの消費生活のあり方にはやはり問題があるとは内心感じている。

そこで、みずから根拠を突きつめることのできないまま、とりあえず「エコ対策」と呼ばれる社会の大きなうねりのなかに身を置く。そしてゴミの分別や節電には取り組み、エコ・カーに乗り換えるかなと考えもする。が、ふとヘンだなともおもう。「エコ減税」として割り引きされるテレビやクルマにせっせと買い換えるよりも、テレビをだらだら観ないこと、クルマにむやみやたらに乗らないことのほうが、理にかなっているのではないか、と。「CO_2削減」をめぐる国際的な交渉というか取り引きの頓挫《とんざ》を眼にしてため息をつき、他方では「環境対策」という名のビジネスにじぶんも踊らされているのではないかと疑う……。じぶんたちの未来を深く規定する「環境」と「経済」という巨大な構造体（しかもひょっとしたらそれは「大いなる幻影」であるかもしれない）を前にして、「どうにかしなければならない」のに「どうしていいのかわからない」。これが、「環境問題」をめぐる人びとの実感ではないかとおもう。

「エコ」（CO_2の削減）が「エコ減税」によって経済（エコノミー）対策、つまりはさらなる物流（＝過剰生産）につながる……。これはたしかに悪い冗談としかおもえない。「エコロジー」と「エコノミー」。ここにはしかし、その悪い冗談とは別のつながりがある。

「エコ」は、ギリシャ語の「オイコス」（家）に由来する語である。そしてエコノミーはハウスホールド、つまり家事、家計、家政を意味する。家計のやりくりを国政レベルに拡げれば、いまでいう「経済」となる。一方、生物とその住まい（＝環境）とのかかわり、つまり生態についての研究は「エコロジー」とよばれる。

人類社会の「エコロジー」と「エコノミー」、それらをどう両立させるか、そのマネージメントがいま問われていると言ってよい。

家計の難題は何であるか。いうまでもなく、限られたリソースのなかで何にそれを向けるか、メンバーのあいだでそれをどのように分配するかであろう。ほしいものはいっぱいある。生活維持のためにどうしても出費しなければならないものもいくつかある。そのなかで、何を優先し、何をあきらめるか、たえず選択をしてゆくのが家計というものである。そしてここに、あらかじめ想定される正解というものはない。

家計のやりくりでたいせつなのは、家族旅行用の積み立てをローンの支払いに回すというようなその場しのぎの知恵ではない。その場しのぎはいずれ破綻《はたん》する。そのことを予知したときに、どういうやりくりの方針を立てて家族のメンバーを納得させるか。それが家政の知恵というものである。

「環境」保護と「経済」開発。この二つの「エコ」のあいだにある対立をどうマネージしてゆくか。不確定要因がいろいろあって正解がすぐには見いだせないところで、メンバーをなだめ、諭しつつ、たしかな「落としどころ」を決めるという、家政ではいつもあたりまえのように求められてきた知恵が、いま「環境問題」においても験《ため》されているのだろう。

はじめての川柳

「エコエコと露地に響くはエコのみか」

生まれてはじめてつくった川柳である。「エコ対策」をめぐる熱っぽい議論に、気乗りしないまま参加させられるはめになって、すねてつくってみたのである。が、まわりの評価はいまひとつ。説明がないと笑えないようなものは川柳ではない、というのである。まったくお説のとおりである。

で、ここで話は終わらせないといけないのだが、やはり生まれてはじめてつくった川柳。

未練は断ちがたく、野暮を承知で「説明」を加えさせていただく。
そのこころはこういうものだ。エコロジー、エコロジーと、世の中なんともかまびすしいが、じつのところいわれているのは経済対策、つまりエコノミーのことばかりではないか。ひとこと、そう嫌みを言ってみたかったのである。

「エコカー減税で、まだまだエコカーが、おトク！」。そんな言葉につられて、車の買い換え、家電製品の買い換えに走る。低排出ガス車認定を受けた自動車の取得に際しての減税措置、あるいは省エネ家電のエコポイント制度にあやかって、この機会に新しいのに買い換えようというのである。予約が殺到して、製造が追いつかない……。そんな騒動がこの夏の終わりまで続いた。なにか悪い冗談につきあわされた気分である。

この製造ラッシュではたしてどれだけCO_2の排出がなされたか。いまのクルマを廃車して環境性能の優れたクルマを新たに購入するよりも、クルマにむやみやたらに乗らないほうが、あるいは、より多機能なのに消費電力はより少ないテレビをせっせと製造するよりも、テレビをだらだらつけっぱなしにしないほうが、「エコ対策」としては賢明ではないのか。はたしてどちらがCO_2削減効果は大きいのか。わたしの知るかぎりいずれのメディアも、それを克明に調べ、伝えようとはしなかった。

エコロジーとエコノミー。この二つはそもそも逆ベクトルで動くものである。循環的なバランスをめざすものと、つねにバランスを破ることで新規の展開をめざすもの、つまりは生産と消費の活性化を促すもの。

この二律背反、なにも特別なことではなくて、いずれの家庭においても家計のやりくりとしてつねに課題となってきたことだ。ほしいものはいっぱいある。生活維持のためにどうしても外せないものもある。そんななか、限られたリソース（収入）をどう配分するか、いいかえると何を優先し、何をあきらめるか。その場しのぎを続けるのではなく、やりくりのどんな方針を立て、そして家族のメンバーをどう説得するのか。そこに家計のやりくりの知恵がかかってきた。

ちなみに、「エコノミー」の原義は、まさにその「家政」ということである。「エコ」にひっかけたこの不況対策、じつはエコロジーの問題をパスしている。求められているのは、逆ベクトルにあるエコロジーと経済活動をどう折り合わせてゆくかの知恵、つまりはほんとうのエコノミーなのに。

4

ぐずぐずする権利

もっとぐずぐずと、しこしこと

一九八九年のベルリンの壁の崩壊とともにイデオロギーの時代は終焉《しゅうえん》したといわれるが、わたしには逆に、冷戦の終わりのあと、イデオロギーの時代が始まったとおもわれる。

イデオロギーの定義にもよるが、「支配的な思想」というマルクス流の定義を少し変えて、「だれも正面きって反対できない思想」というふうに考えると、いまの社会を流通する言論はイデオロギーに満ちている。「サステイナビリティ」（持続可能性）、「安心・安全」「公共性」「多様性」「コミュニティ」「アート」「情報公開」……。どれについても正面からは反対しにくい、そんな空気が濃く漂っている。

サステイナビリティの思考は、人類が育《はぐく》んできた諸価値のうちの何をサステインし、何を棄《す》てるかの最終的な選択を明示しているとはおもわれない。多様性の論理は、なぜ人格にかぎっては統合を言い、逆に多重人格を病理とするのか、その帰趨《きすう》を突きつめていない。安心・安全の追求はそれが必然的に監視社会を招来することを見ようとしない。コミュニティの称揚は、かつて人びとが、ある理念や情念を共有することでなりたつコミュニティから脱出するところにこそ「自由」を見たことを、明確に総括することを避けている。

すべての人がそうだと言い切る気は毛頭ないが、大勢の人がこれらの合い言葉を唱和するとき、その合い言葉を内から支える論理をぎりぎりのところまで突きつめているようにはとてもおもえない。論理を最後まで引き受ける用意がないままに、ムードでそれらの合い言葉を唱和する。それこそイデオロギーではないかとおもうのだ。

世阿弥《ぜあみ》の「離見《りけん》の見《けん》」ではないが、みずから演じている姿を、演じながら後方から見るのはたやすいことではない。けれど、他人とおなじ言葉を大声で口にしているときに、その他人と唱和しているじぶんの姿を、そこから身を引きはがして後方から見ることが「考える」ことの基本ではないのか。

くりかえすが、考えているじぶんからじぶんを隔て、距離をおいてじぶんを見るというのは至難のわざだ。それに、考えれば考えるほど、いろいろな補助線が見えてきて、問題は複雑になる。思考は一筋縄ではゆかなくなる。けれども、答えを急がず、そうした複雑性の増大に耐えて思考をつづけることこそ、そもそも知性の体力といわれるものではないのか。再浮上するまでどこまで潜水をつづけられるかという、いってみれば思考の「肺活量」(鶴見《つるみ》俊輔《しゅんすけ》)が、そこでは問われているのだとおもう。

「じゃあ、そうした肺活量を鍛《きた》えるにはどうしたらいいんですか?」

そんな声が聞こえてきそうだ。しかし、じゃあどうしたらいいのかと、すぐに解答を求める気性こそ、わたしは問題なのだとおもう。そういう気性は、近代人に特有の「気の短さ」（エリ・ザレツキー）として特徴づけることができるかもしれない。ぐずぐず、くよくよしていて煮え切らないことをすぐに「主体性」の欠如と考える気性である。これが、なにかある決定にいたるまで、ああでもないこうでもないと、ぐずぐず、というよりしこしこと、思い悩むことを許さないのである。

細部のニュアンス、こみ入ったコンテクストを一つひとつ考慮に入れながら、それについての異なる意見も聞き、そしてそれらをじっくり摺《す》り合わせてゆくなかで、はじめはおぼろげに、そしてやがてくっきりと論理の立体的な光景が見えてくる、そういうところまで待てないのである。待てないままわかりやすい論理に飛びつくのである。わかりやすい論理は、事態がうまくつかめないでいるそのもやもや、そのいらいらに切りをつけてくれるからだ。

ここで肝に銘じておきたいのは、理解というものが時間的なものだということだ。たとえば若いころに、もし答えが出なければ生きてゆけないとまで思いつめていた問題が、歳を重ねるとともに色褪《あ》せて見えてくることがある。あるいは、あのときはわからなかったけれどいまだったらわかるということも起こる。さらには、一つ見えてしまうとそれが他の問題に波及し、他のあらゆることがらをもういちど一から問いなおさなければならなくなるということもある。それらの過程で、内なる抵抗も幾度となく起こる……。

このように理解というものはジグザグに進んでゆく。そしてそのうち、すぱっと割り切れる論理よりも、噛《か》んでも噛んでも噛み切れない論理のほうが真実に近いといった感覚が生まれてくる。理解には、分かる、解る、判る、あるいは思い知る、納得するといったさまざまなかたちがあることも、それこそわかるようになる。このあたりまで、ぐずぐず、しこしこ考えつづけることが、じぶんを後方から見ることをはじめて可能にするようにおもわれるのだが、時代はなかなかそれを許してくれない。

「生きづらさ」について

口あたりのよい語ではないが、「生きづらさ」ということをひとが口にするようになって久しい。時代はまことに生きにくい、生きづらいと、多くの人が感じている。

「生きづらさ」というのは、経費削減のための解雇や派遣切り、介護・医療現場の劣悪な就労条件など、労働の環境について言われることが、昨今はとくに多い。

あるいはこんなふうにもいいかえることができよう。慢性疾患、加齢、心身のさまざまな不調や障害、そして失職。現代社会はひとがおのれのひよわさ、もろさ、ちっぽけさ、つまりはみずからの「限界」に向きあわされるような場面に満ちている。

なかでも老いは、かつては「長老」とか「老師」というふうに尊敬と畏《おそ》れのまなざしのなかで仰ぎ見られていたが、いまは「老衰」とか「老廃」とか「老醜」（醜は臭かもしれない）というふうに、みじめなもの、あわれなもの、みすぼらしいものといったマイナス・イメージのなかでしか思い浮かべられなくなっている。こういう空気のなかで、大半の人は高齢になるにつれて、「してもらうばかりで何もしてあげられない、厄介になるばかりで何の役にも立たない、そんなわたしでもまだ生きていていいのか……」といった思いを内深くため込んでゆくことになる。

いのちが黄昏《たそが》れてくる、しかもけっして短くはないこの時期を、こうした思いを抱えたまま生き抜くというのは、たいへんなことである。というのも、「務め」から下りているという感覚が底にあるからである。

「務め」（勤め）には責任がともなうから、定年になってそれを辞めるとたしかにほっとする部分はある。が、「務め」から下りるというのはさみしいもので、たとえばそれまでよく顔を出してくれていた人がもう訪ねてこなくなる。そして、他人から期待されるものがついになくなったんだなと、あらためてしみじみおもうようになる。

「期待」というのはありふれた言葉だけれど、他人からのそれは人の存在を支えるものである。どんな些《さ》細《さい》なことでもいいのだが、他人のなかにじぶんがなにか意味をもった存在としてあること、そのことを確認できることが、人を支える。じぶんの存在がだれにとってもなんの意味もないと思い知って、それでもなおじぶんの存在に意味があると言い切ることは、人として法外にむずかしいことである。

老いても独りでできることは限られている。できたとしても、他人の役に立つとおなじだけ、人の脚を引っぱったり、余計なお節介になったりする。「できる」というところで考えているかぎりは、年少の人や企業という組織体のほうがもっと「効率よく」やるからである。それでもなおじぶんのしていることに意味があると、強いて言える人はきっと少ない。

老いというのは、独りでできることがしだいに減ってゆく時期である。いいかえると、「できない」という無力感が少しずつ広がってゆく時期である。それにともなって、「こんなわたしでもまだここにいていいのだろうか」という、いってみれば「存在の資格」への問いが頸《くび》をもたげてくる。

この問いは、高齢者だけを襲うものではない。子どもだって、働きざかりの人だって、じぶんの存在に、他者たちから、あるいは社会からほんとうに「期待」されているものがあるのかどうか、確言できなくなっている。

多くの人がじぶんがここにいていい理由を問わなければならないのは、わたしたちの生きている社会が、「何ができるか」「何をしたか」で人の存在価値を測る社会だからである。「いるだけでいい」とはなかなか言いにくい社会だからである。

ほんの一昔前までは、お年寄りにも最後まで「務め」があった。現役とまではいえなくても家業の末端にしっかりつながっていたし、地域でもお年寄りなりの「務め」があった。おなじように、子どもにも、「手伝い」という、子どもなりの「務め」が求められた。

どうしてもしなければならない「務め」というものを解除され、あってもいいけどなくてもいいような、そんな行ないしか期待されていないなかで、それでもじぶんの存在に意味を見つけつづけることはむずかしい。

じぶんが「いる」に値するものであるかどうかを、人びとがほとんどポジティヴな答えがないままに恒常的にじぶんに向けるような社会は、寂しい社会である。生きづらい社会である。この、じぶんの存在をすっと肯定できないという疼《うず》き、これこそが「生きづらさ」という思いの根っこにあるものではないかとおもう。

わかりやすさの落とし穴

深夜、ふとテレビをつけたら、歌手の井上陽水さんが「禍福は糾《あざな》える縄の如し」という『史記』のなかの言葉を引いていた。人生においては、災いが福となり、福が災いとなるというふうに、禍福はたえず反転するもの、めくれ返るものという意味である。いい言葉を思い出させてもらったなあと、画面に向かって一礼したい気分だった。

幸福と不幸はいつもまだら模様になっている。幸福が知らぬまに不幸と接し、不幸がある瞬間に幸福へと裏返る。そんな感想は、わたしはじつは幼少のころからなじみのあるものだった。幼くして達観していたという意味ではない。そのような場面を、わたしは毎日あたりまえのように目撃していたのだ。

わたしが育ったのは、京都の下京区、西本願寺をはじめとして寺院の密集する地域で、古くからの花街である島原もすぐそばにある。禅宗の坊さんは毎朝、「おー」と唸《うな》りながら、貧相な藁草履《わらぞうり》を履いて町を練り歩く。その日のお米を町衆に乞うためである。一方、舞妓《まいこ》さんや芸者さんは、ふつうなら手を出せないような豪奢《ごうしゃ》な衣裳を身につけ、髪には高価なかんざしを差している。貧相の極みと豪奢の極みを映す二種の人びとと、毎日あたりまえのようにすれ違っていた。

「ぼんさんは冬でもみすぼらしい身なりでかわいそうやねえ」と言うと、祖母は「違うえ。あの人らはわたしら凡人が知らん浄土という幸福な所を知ってはるんや」と諭された。逆に、豪奢に着飾っている舞妓さんや芸者さんが夕方、近くのお宮さんの前で「はよ故郷に帰れますように」と手を合わせている姿も見ていた。貧乏が浄土につながり、豪奢が深い悲しみにつながっていること、そういう裏返りを子ども心に感じていた。わたしが、哲学という学問にしばしば見いだされる逆説的な思考に惹《ひ》かれたのも、二重性や両義性という概念に抵抗なくふれえたのも、ひょっとしたらこういう下地があったからかもしれない。

そういう身からすれば、現代という時代はなにかすべてが一重でしかなく、とても味気ない。前回は「郵政民営化」か否か、今回は「政権交代」か否かという、ほとんど一題目で争われた選挙。ちょっと前は「勝ち組・負け組」、いまは「格差社会」という言葉で、いともあっさり語られる人びとの境遇。清純派としてもて囃《はや》してきたアイドルを、一事件を機にこんどは徹底的にこき下ろすメディア。「学力」一辺倒で学校を評価する知事。そして、まわりから期待と信頼を受けすぎて苦しんでいる子どもと、受けなさすぎて苦しんでいる子ども……。あげればきりがないのだが、どうして人びとは極端な割り切りになびくのか。

白黒をつける、二分法で考えるなどといわれる思考に対して、表を見るとかならず裏が見えてしまう、そういう思考は「煮え切らぬ」「二枚舌」などとして嫌われてきた。みな、すかっとしたわかりやすい判定を性急に求めてきたからである。

しかし、ひとが勉強するのは、それこそ逆説的な物言いになるが、わからないという事態に耐え抜くことのできる知性の体力をつけるためでないのか。わからないものをわからないままに迎接するというわざを身につけるためではないのか。

政治では、未来のたしかな予測がつかないところで、何かを決断しなければならない。不確定な状況のなかで不確定なままに精確な判断をしなければならない。子育て、介護、失業者支援など、正解というものがないままに、それでも眼をそらさずに取り組まないといけない問題は、身近なところにもいっぱいある。

そのとき、わたしたちに必要なのは、わかりやすい解決ではなく、わからないものをわからないままにあれこれと吟味する、しぶとい知性というものだろう。これまでとは構造の違う問題が発生しているときに、旧来の枠組みで無理やり解釈して割り切ることほど、まずい対処の仕方はない。それは問題を歪めるどころか、そんな問題は存在しないかのごとく錯覚させてしまう。そしてその問題がもはや錯覚しようのないかたちで表面化したときは、手遅れである。

カウンセリングのときに、クライアント（相談依頼人）から「イエスですか、ノーですか？」と詰問された河合隼雄《かわいはやお》は、いつも、「そういうことになりますかなあ」と答えたという。のらりくらりの対応をするにもなかなかに体力が要るのである。

未知の社会性？

一所懸命にやってきたはてにまわりから「やってあたりまえ」と言われることほど、こころが挫《くじ》けることはない。

行きたくもない職場に気をふりしぼって行ってもあたりまえ、こつこつ勉強してもあたりまえ、迷いと工夫のあいだを揺れながら育児や家事をやってもあたりまえ、辛抱して辛抱して介護をやってもあたりまえ。べつにやりたくてやっているわけではないし、しなければならないと納得ずくでしているわけでもないのに、そんなふうに思ってはいけないとじぶんに言い聞かせながら必死でがんばってきて、あげくに「やってあたりまえ」と言われる……。

なんとも割りに合わないとため息をつきながらも、みんなそんなふうに生きてきたのだし、人生とはそんなものだろう、いつかきっとそれなりに帳尻は合うだろうと思いさだめて、また日常に戻る。それがまあふつうのかたちだろうが、それに我慢がならずにとことんふてくされた顔をする者もいれば、進んで落ちこぼれる、出世コースから外れるそんな天《あま》の邪鬼《じゃく》な生き方をする者もいる。人前でわざとドレス・ダウンするかのように。いずれも見なれた光景である。

「アンチ」（反・逆）というかたちでじぶんの存在を規定する、そうしたふるまいに、卑屈さというか息苦しさというか、なにか居心地の悪さを感じ、そんなふうに観念的でなくもっと自由にじぶんの生き方を模索しようという人たちが、そのあと現われた。「フリーター」とか「ボランティア」とみずから称する人たちである。

この時代、ほんとうに仕事をしたいと思う人はもはや「職場」にそれを求めない……。そういう倒錯にわたしはある部分、共感するところがある。ほんとうに仕事をしたかったら、ずっと組織の歯車のような「勤め人」でありつづけることには満足できないだろう、と。けれども、一から起業するというのも並大抵のことではない。そんななかでかろうじて見いだした途が、「フリーター」であり「ボランティア」なのだろう、と。が、わたしはこうした自己規定にも、どこか、あの「自己決定」という観念的な自由につながる息苦しさを感ずる。

それよりも、そんなツッパリとは無縁な、傍目《はため》にはむしろ主体性のなさともみえる、ある、輪郭のさだかでない一群の若い人たちにわたしは注目したいとおもう。何をやろうとしているのかよくわからないアーティストの作業に、「なんか手伝いましょうか」といった顔つきで合流してくる人たちである。

かつてわたしは友人たちと、バブルがはじけたあと、まるでそんな空間などなかったかのように封印された大阪ミナミの地下街で、光のパフォーマンス（湊町アンダーグラウンド・プロジェクト）を企てたことがある。そこに集った延べ数千人が、そういう人たちであった。

それほど多くの人たちが集ったその理由を、いまわたしはこう総括している。まず、未来に目標や意義を設定して、それに逆規定されるようなかたちで、じぶんがいますべきことを決める、そういう動き方をしなかったこと。つまり、未来のために現在を犠牲にすることなく、活動をゼロからつくってゆくものであったこと。じっさい、これはアートの常であろうが、牽引役《けんいんやく》のアーティスト自身にも、じぶんたちが何をつくろうとしているのかあらかじめ見えてはいなかった。

だから、ここには多くの人を一つの目標へと糾合《きゅうごう》する「べし」というものがなかった。ここでは、だれかが一枚の正確な青写真を描いて、それを軸に全員が結集するというやり方をとらなかった。なのに、集った人たちのゆるやかなイメージの交換と調整のなかで、つまり最後までたがいの差異を解消しないまま、それでも最後はこれ以外にはないという一つのところへもってゆけた。これは、同一のイメージを共有するというかたちでみなが結集することの対極にあるいとなみである。

これをいいかえると、いま何が必要か、それをじぶんの「やりたい」ことのほうからではなく、他者からの呼び求めに応じて考え、そして動くということである。このことが、逆説的にも人を受け身でなくした。「これ、わたしの所轄ではありません」というのではなく、「これ、わたしやっときましょうか」という感覚である。これを、近代社会とは異なる未知の社会性の芽生えと言ってみたいところであるが、じつはむしろ、かつて人びとの足下にあたりまえのようにあった感覚なのである。

「自由」のすきま

「一生懸命やるかどうかわかりませんが、よろしくお願いします。」

そんな挨拶《あいさつ》からコンサートは始まった。「一生懸命やれるかどうか」ではない。「一生懸命やるかどうかわかりませんが」なのである。

東京・三田の商店街の一角で、数年前から「うたの住む家」というプロジェクトが動いている。赤ちゃん、学生、商店街の人、障がいのある人、アーティストらが寄り集まって歌をつくり、それぞれに楽器をもって、チンドン屋さんのように町内を歌い歩く。その人たちがある「学会」で合唱を披露してくださった。「論文発表会」と題してである。その冒頭、一人の重度な障害のある青年がしたのが、さきの挨拶だった。

歌とはいえ「論文発表」としてなされたのだから、公演後には質疑がある。「質疑応答に入ります」と代表の声。質問がくると、「考えます」。別の質問には答えられず、メンバーは「……」。すると代表は「ご理解いただけましたでしょうか?」と返す。みんなにこにこ、大笑いである。

「一生懸命やるかどうかわかりませんが……」。その言葉にわたしは捕まった。胸をこじ開けられる思いがしたのである。

現在を未来にくくりつけるかたちで、わたしたちの行為はなされる。目標を立て、そのためにいましなければならないことを考える。行為はふだん、そのようになされる、というかなされるとおもっている。さらにまた、過去・現在・未来を一つの意味でつなぐところに、

「わたし」というものがなりたつとおもっている。過去にじぶんがしたことに責任をとり、未来にじぶんの希望を投げかける、そのなかに「わたし」はあるとおもっている。

　だから逆に、がんばったところで空しいと未来をあらかじめ断念しているときは、「何もかも見えちゃっている」などと吐き捨てもする。

「見えちゃっている」というこの言葉、じつはすごく不遜《ふそん》なのではないかとおもう。何歳で学校を卒業し、何歳で結婚し、何歳で係長になり、さらに定年後はこういう生活をする……。たしかに凡庸で、「夢」のもちようがない。が、ここには勘定に入っていないものがある。偶然である。事故に遭う、病気になる、会社がつぶれる、子どもを先に亡くす……といった計算外のことに思いおよんでいないのだ。どういう事態に遭遇するか、どんな人と出会うかという、じぶんでは予測もコントロールもできない〈偶然〉への想像力を欠いている。

　過去・現在・未来を一つの意味の糸で結びつけないと「じぶん」というものが壊れてしまうという強迫観念、これを人びとはアイデンティティ（自己同一性）と呼んできた。けれども、「じぶん」というのは、そのように一本の線として存在するものではなく、むしろ思わぬ事態や人との出会いのなかで、道を逸《そ》らされ、あるいは塞《ふさ》がれ、どんどんずれてゆくものではないのか。

「一生懸命やれるかどうか……」と言うときには、すでに未来への道筋が描かれている。「一生懸命やるかどうか……」と言うときには、まだそういう〈必然〉でじぶんを囲い込んでいない。わたしたちは「自由」について、いまいちどそういう地点から考えなおしたほうがいいようにおもう。

「オー・ミステイク」

以前、あるテレビ番組で、鶴見俊輔さんへの自伝的なロング・インタビューを放映していた。そのなかで、鶴見さんは「ミステイク」という言葉にふれ、これはたんなる「誤り」ではなく、誤っていてもあくまで「テイク」、つまり誤ってそれを引き受けた、選びとったということなのだと指摘していた。

「ニーズに応える」というときの「ニーズ」という語にも、これと似た危うさを感じることがある。企業もそうだが、このごろは大学までもが、「ニーズに応えます」とかんたんに言う。けれどもニーズというのは、ほんとうにいつも応えるべきものなのか。

そもそも、ほんとうに困っている人、苦しんでいる人は、「ニーズ」などという横文字を軽々しく口にしたりはしないとおもう。ニーズは、それを抱えこむ当事者ではなく、欲しいのだろう、困っているのだろうと想像する側が用いる言葉である。みずからの行動を理由づけたり正当化したりするための護符のようなものとして。

ニーズはだれかがみずからに必要と感じるものである。しかし必要は、必要であるということだけで正当化しうるものではない。極端な話、だれかを殺してみたい、いちど盗みというものをやってみたいという欲求を、ニーズとしてそのまま認める人などいないだろう。

また、必要というのはつねに何かのために必要だということであって、「何のためにも必要でない必要なもの」などというのは矛盾であるから、ニーズは、「何のために」ということへの評価と切り離して、それがニーズであるという理由だけで認められるものではありえない。

とすれば、もろもろのニーズに対しては、それがほんとうに応えるにあたいするニーズであるのかどうかを、まずは問わなければならない。そうでなければ、「ニーズに応える」という自発性は、いともかんたんに、ニーズにやみくもに従うという受動性に裏返ってしまう。

企業活動において、「ニーズに応える」ということが戦後社会において端的に意味をもっていたのは、おそらくは戦後復興期と高度成長期だけであったとおもわれる。人としての最小限の生活の保障、そして先進国標準の「豊かさ」になんとかたどり着こうという人びとの思いがひしひしと感じられるような時代、この時代には生活基本材の生産が何を措《お》いても必要であった。企業にとって、わざわざ社会貢献を口にするまでもなく、まずは生活基本財をつくるという本業をまっとうすることが社会貢献にほかならなかった。

次に迎えたいわゆる高度消費社会では、商品が飽和状態になって、企業が生き残るためになそうとしたことは、他の商品との「差別化」や「付加価値」という、なんとも品のない表現で語りだされる「差異の創出」であった。たんなる「差異の表出」では結局たがいの食いあいに終わってしまうだけから、ほんとうに重要だったのは、「ニーズを創りだす」ということであった。未知のニーズを発生させることで新たな市場を開拓する……。機能広告がイメージ広告にとって代わり、ライフスタイルやテイストの消費が、まさに人びとの新しいニーズとして「生産」された。

では、二十一世紀に入り、低水準で安定するよりほかなくなった時代に、企業はニーズに対してどのようなスタンスをとろうとしたのか。時代の動向に敏感な企業は、二十世紀末にすでに「コーポレイト・アイデンティティ」の確立を謳いだしていたし、今世紀に入ってからは「企業の社会的責任」（CSR）なる事業に積極的に取り組みはじめた。たんなる営利団体としてではなく、「企業市民」としての生き方を模索しはじめたのである。これと並行して、市民のほうも、「顧客」や「消費者」といった、企業からあたりまえのようになされる位置づけから脱却しようとしはじめた。

「アートとは、社会のニーズの先にある感覚を表現するものだ」という、ノンフィクション作家・神山典士《こうやまのりお》さんの言葉を借りていえば、企業も市民もいま「ニーズの先にあるものをとらえる」ことへとシフトしだしたということなのだろう。いまこの時代、この社会にほんとうに必要なものはいったい何かという問いを内蔵した、企業と市民のみずからへの問いかけである。

これらの問いかけをなしえている企業や市民は、すくなくともニーズを「ミス・テイク」することの危うさに気づいている。

「大義」について大袈裟にではなく

「大義」とは古い言葉である。大袈裟《おおげさ》な言葉である。そしてなにより危険な言葉である。かつて何度も、「大義」というこの言葉によって、命を散らせた人がいる。だから「大義」よりも「小義」に生きるという生き方を、わたしたちの「戦後社会」は模索してきた。小さな幸福、小さな正義、小さな政府を。「大義」という大きな物語を、とりわけ高度成長期以後、わたしたちは回避してきた。

しかし、「小義」が慎ましいものかといえば、これがまた怪しい。わたしが子どものころ、家族の言葉でいちばん嫌だったのは、「労働者」という言葉である。口下手な父に代わって、母はことあるごとに「うちは労働者の家庭やから」と口走った。免罪符のように。「労働者である」ということがまるで被害者であるかのような、そしてそのような認識にもとづいて「権利」を主張する、その口ぶりが、悲しかった。子ども心に、それもまた「大義」の別のかたちではないかと感じていた。まあ、しっかりした母だったと言えば言えなくもないのだが。

近ごろの幼子を見ていて、母のその幻影を見る思いがすることがある。かつて中国では「一人っ子政策」のなかで、両親、祖父母の眼がすべてその一人っ子に注がれ、「子どもは王様」といわれたことがあるが、日本というこの地でも、子どもを扱いあぐねている光景をしばしば眼にする。子どもになにやら不吉な全能感が行きわたっているかのような。

テレビのチャンネル選びを采配し、たえず人の注目を浴びようとし、買い物をするにも「聞き分け」がない。たしかにこうしたふるまいは、子どもにはいつの時代もつきものだった。が、最後のところで親がきつく諭した。そういう威圧的な空気が、どこかあった。「子どもが王様」であるのは、子どものせいではない。子どもというのは、何かが思いどおりになるという経験をくりかえすなかではじめて「自己」というものを感じるようになる。その経験を奪ってはいけない。けれどもそうした感覚を抑えることも、子どもは同時に学ばないといけない。そうしないと人びとのあいだで生きてゆけないからである。

そのようななかでふとおもう。子どもの全能感は、ひょっとして、子育てや教育における大人の神経過敏を、鏡のように正確に映しているのではないか、と。

じぶんの子にはこんなふうに成長してほしい、こんな学校に進み、こんな職業に就き、こんな人と結婚し、こんな人生の道筋を歩んでほしい……。そんなイメージが強烈にあって、だからそういうイメージからちょっとでも外れるようなふるまいを子どもがすれば、すぐに軌道修正を図る。だめだめ、そんなことをしたら、そんな子とお友だちになったら、と。もちろんそうかんたんに子どもは言うことを聞かない。そういうことがくりかえされるなかで、子育ての負担をぜんぶ背負わされている母親たちは、神経をしだいにすり減らしてゆく……。

けれども、イメージどおりに子どもを育てたいという、そこに大きな落とし穴があるのではないか。他者を思いどおりに導こうというのは、それじたいが支配の願望であり、全能感の現われだ。それが子どもの側にきれいに反照しているのではないか。

教育はいつも、じぶんは不完全だという自己認識のなかでいとなまれねばならないとおもう。より完全なおとなが、未熟でものごとを知らない子どもに対しておこなうものだという幻想から、離れねばならないとおもう。逆に、不完全なものとしてのじぶんが、不完全であるがゆえにいろいろ痛いめにあい、苦労してきたことを、子どもが一からくりかえすことのないよう、しかと伝えるようなものでなければならないとおもう。

「襟を正す」という言葉がある。じぶんでは能《あた》わないであろう「大義」に怖れおののくということである。不完全な者が不完全なままでそれでもどうにかここまでやってこれたのは、そういう「大義」にちらっとでも触れてきたからである。そのことを子どもに伝えることが大事なのではないか。ひとが身を持ち崩さずにいられるのは、じぶんの存在を超えた価値というものの存在を、たとえおのれが体現できなくても知っているからではないかとおもうのだ。

全能感に浸された人は、ささいな挫折にもひどく傷つく。そう、「わたしには何もできない」という無能感に過剰にむしばまれる。おとなであれ子どもであれ。

ふとあのロシアの刑罰を思い出した……

じぶんがやっていることの意味が見いだせないとき、仕事は辛いものになる。あるいは、ひどくつまらないものになる。

人間とは意味という病に憑《つ》かれた存在であるとでも言えばいいのか、じぶんがしていることに意味が見いだせたときには、それに「生きがい」とか「働きがい」を感じてがんばることができるが、逆に意味を見いだせないと、力が抜けるというか、空しくなってなげやりにしかできなくなる。

帝政ロシアの話だが、流刑地に送られた囚人たちに科された刑罰として、こんなのがあったという。バケツが二つある。右のバケツに水がいっぱい張ってあり、それを左のバケツに移す。それをこんどは右のバケツに戻す。それを延々とかぎりなく続けるという刑罰である。つまり、意味のない行為、それを果てしなく科するという刑罰だ。

これが罪人にもっとも過酷であったのは、それが意味のない行為だったからである。意味のないことを延々とさせられることほど苦痛なものはない。

仕事には「義」が要るのである。「義」とはわれながら古い言葉を持ちだしたものだとおもうが、要は、なんらかの「公的な意味」と考えてよい。それを果たす「務め」を仕事のうちに感じたとき、ひとは仕事に打ち込むことができる。

敗戦後の復興期には、そしていわゆる高度成長期には、ひとは仕事にこの「義」をひしひしと感じることができた。戦争で疲弊した国を立てなおす、人びとを飢えから救う、豊かな社会を実現する、知識や技術で世界の一線に立つ……。このような社会の「義」に役立とうという心の張りが、人びとの過酷なほどの労働を支えていた。

戦後社会が一九八〇年代に高度消費社会のかたちをとるようになって、「義」というものがとても見えにくくなった。「ニーズ」などといった流行語とともに、生産と流通とは人びとの欲望に応えることを目的としだしたからである。そこでは、人びとの「ニーズ」が応えるべきニーズかそうでないかを質《ただ》すことなしに、ただただ無批判的にそれに応えることがめざされた。よく応えたものが競争に勝つ（つまり、よく売れる）というわけだ。

こうして、「生産」から「消費」へと企業活動の照準点がスライドしてゆくなかで、「経済」という観念から「経世済民」（世を治め、民の苦しみを救うこと）という本来の意味が脱落していった。

そして次に、この国の経済活動が（いや、世界中の企業が）大きく振り回されることになったのが、かのマネーゲームであり、企業買収の波であった。ここでは「貨殖」、つまりは「金で金を買う」活動がせり上がり、人びとの「ニーズ」に応えることすら問題にはならない。「金で金を買うのは金のため」という同語反復があるだけで、そこには「何のため」ということが抜け落ちている。金があれば手当たりしだい何でも買えるという予想で動いてはいるが、金によって何を手に入れるのかという構想はそこには見あたらない。「意味」がない、「義」が見えないのである。右のバケツの水を左のバケツへ、そしてすぐにまた右のバケツへ……。マネーゲームは、あの帝政ロシアの刑罰とおなじことをくりかえしてきたかのようにみえる。それはまるで、「義」を見失った「経済」への刑罰であるかのごとくにみえる。

違和の感覚をたいせつに

何も決まらない。何も片づかない。何の見通しもつかない。まるで袋小路に迷い込んだようなそんな気配が、このところずっと、わたしたちの社会を覆っている。そうしたなかで打たれる手はそれこそ後手後手で、脈絡が見えない。その場しのぎで対応しているうち、問題はかえってほどきようもないほどにもつれ、歪《いびつ》になる。そして打つべき手がいよいよ見えなくなる。

一方、この現状に苛立《いらだ》ちをつのらせる人びとは、事態のこじれをなんとしても特定のだれかの失態や無能に帰さずには気がすまず、荒いことばの礫《つぶて》を四方八方に投げつける。

糾弾《きゅうだん》というのは、糾弾されるもののかたちに似てくるものだ。たとえば大津市の中学校で起こった「いじめ」事件にあっても、これが典型的なかたちでくりかえされている。いじめのターゲットとなった生徒と、いじめる生徒グループと、かかわりあいになることを怖れて一歩退いて見ているそれ以外の生徒たちという三者の関係は、糾弾される教育委員会と、彼らを声を荒らげて責めるメディアやインターネットと、それに無言で唱和する視聴者の関係にぴたりと重なる。おなじ構図を反復するのは、問題をさらに頑《かたく》なものにこそすれ、解決へと導くことには断じてなりえないのに。

いまわたしたちに必要なのは、状況への違和の感覚を、冷静に、しかし執拗《しつよう》にもちつづけることではないかとおもう。事の深因への認識が、おぼろげにせよ一定度、共有されることになるまで。

違和の感覚を、すぐに抑え込んだり繕ったりせずに、むしろ繊細にそれらをより分け、だれも想像したこともないようなかたちへと編んでゆく作業というものを考えるとすれば、まず手引きになりそうなのはアーティストの仕事だろう。アートという作業は、身のまわりで正体も不明なまま進行していくことがらへの違和というかたちで、そこに、寒々としたもの、いかにしてもまつろいえぬものを感知したとき、はじめて立ち上がる。違和というこの感覚が起点となる以上、権威や組織による「認可」など、はなから求める気はない。

組織の論理にしたがって判断し、行動することを、カントは、たとえ公務員としてのそれであっても、やはり知性の「私的使用」でしかないとした。知性の「私的使用」とは、それをじぶん個人のために使うことではなく、特定の社会や集団のなかでみずからにあてがわれた立場にひたすら忠実にふるまうことだと考えたのである。

社会がいまほんとうに直面している問題を探ろうというときに、度の合わなくなった眼鏡を取り替えることが必要なときに、割り当てられた職務に無批判的にふるまうということは、問題に眼を閉ざすことにしかならない。そこで必要なのはむしろ、他者の、あるいはじぶん自身のなかの、違和の声に耳を傾けることである。そしてそれらを、上からの指示を待つことなく、たがいに突きあわせ、擦《す》りあわせるなかで、じわりじわり下絵として準備してゆくことである。

上から下へでなく、下から上へと積み上げること。原発再稼働に反対する、金曜日定例の、組織の論理で動くのではない市民たちのデモンストレーションも、そうした試みの一つとして湧き起こっているようにおもう。

ぐずぐずする権利

昭和三十年代の前半の話。そのころ小学生だったわたしにとって、放課後、学校とは較《くら》べものにならないくらい心がときめく時間というのは、近くの材木置き場に行って仲間の隠れ家をつくるとき、近くの空き地で穴を掘り草や枝の覆いをかけて、通りかかる人が落ちるのを待つとき、そして日が暮れて友だちの家でトランプに興ずるときだった。友だちが来るまでは、お寺の壁を相手に一人でキャッチボールをしていた。

そして晩ご飯に遅れても、家の者が呼びに来るということはなかった。かわりに三日に一度はこっぴどく叱られた。どこをほっつき歩いていたんだ、と。ついふてくされ、会話は途切れる。親もそれ以上とくに問いただださない。

そんなわたしだったから、このところ社会のさまざまなセクターで試みられている子どものためのさまざまなワークショップには、少しばかり抵抗がある。もうちょっとそっとしておいてやってもいいのではないか。それよりも必要なのは、おとなのためのワークショップではないのか、と。

KYという言葉が若い人たちのあいだで流行り言葉になっていると聞いたときは、心底びっくりした。まわりの空気を察することをついに若者自身が求めるようになったか、と。いまどきの子どもは、まわりから期待されすぎているのかもしれない。対話やコミュニケーションを求められすぎるのかもしれない。ことが何であれ、なにがしかの反応を、対応を、そしてその成果を、すぐに求められる。いってみれば、じぶんをニュートラルにしておくことが許されない。友だちどうしのあいだでも、気を配ること、神経を使うことが要求されるらしい。

他人を放っておいてやるという思いやりがもっとあってもいいのではないかとおもう。ワークショップというのは本来、明確な意見を求めあうものではなく、むしろ、参加者をしばし意見においてニュートラルでいられるようにしてあげること、そして不確かで不安定ななかをそれなりに漂っていられるようになった者どうしが、たがいに触診しあうようにしてたがいの差異を知ったうえで、次に言葉を交わす、そういうチャンスとしてあるのではないのか。

いまの社会には、だれもがあたりまえのように感じているが、ちょっと考えてみれば理がないとすぐにわかることが多い。思いつくままにあげれば、なぜ服をすり切れるまで着ないのか。まだ着られるのに、もう着られないとおもって買い換えるのはなぜか。なぜいつ転げ落ちてくるやもしれない高所を自動車やモノレールは走るのか。家族の形態がここまで多様になっているのに、マンションの間取りはなぜ一様なのか。なぜおない年の人としか友だちになれないのか。なぜ学校では、知らない人ではなく知っている人（教師）が知らない人（生徒）に質問するのか……。こうした問いをだらだら並べていると、理屈ばかり言って、と咎《とが》められる。

わたしばかりが病気をするのはなぜ？　働くことの意味がわからないのに働かなければならないのはなぜ？　なぜ成功しなければならないの？　こんな問いには、あたりまえのことを訊《き》くな、答えは出ないから考えても無駄だ、などと言われる。

しかし、生きてゆくうえで大事なことにはたいてい答えがない。生きることの意味、わたしが存在することの意味、社会に漂う閉塞感の理由……。答えが出るまでああでもない、こうでもないと思い惑うしかない問題群である。なのに考えるなと言われる。答えをすぐに出せと言われる。そして滑りのよい思考ばかりが求められる。ここで否定されているのは、あれこれとぐずぐず思い迷う権利である。

生き方を軌道修正するためには、身につけている思考の初期設定を書き換え、フォーマットを変える必要がある。そのためには、新しいフォーマットをつくれるまで、ああでもないこうでもないと不確かな状態でいつづけられる思考の耐性が要る。無呼吸でどこまで深く潜水することができるか、それが験《ため》される。その験しの機会が、わたしたちにはなかなか許されない。ニュートラルでいられる場所、あるいは、ぐずぐずしている権利。それをわたしたちはもっと主張してよいのではないか。

マニュアル本やハウツー本、指南書が溢《あふ》れているが、ぐずぐずするためのマニュアル本はない。どうしていいかわからない人のために書かれるのがマニュアルだから、あたりまえといえばあたりまえか。

5

言葉についておもうこと

語らいの作法

政治家、企業家の言葉をもっとじっくり聴きたいとおもうことが少なくなった。心の襞《ひだ》に染みわたるような重厚な言葉をかれらが口にしなくなったからだろうか。それとも、性急な答えばかり求め、他人の言葉をじっくり聴くという耐性をわたしたちが失くしてしまったからか。

いずれにせよ寂しいことである。そしてわたしたちにとって不幸なことでもある。政治においてだけではない。ふだんの会話にあっても、多くの言葉は滑るようにいずこかへ消え、その空白を埋めるためにだけあるような言葉が泡のように吐かれる。言葉ってこんなにも軽く、こんなにも薄いものだったのかと、うら悲しい思いに浸される。

酒席で、とあるご住職に、お悔やみの述べ方を教えてもらったことがある。「何と申し上げてよいのやら」と言いながら、まずは首を横に振る、あるいはゆっくり縦に振るように、と。あってはならないことというメッセージが被《かぶ》さって、思いに奥行きが出るということなのかなとおもう。きっと、じぶんの思いのなかに亀裂が走っているという、そんな隙間《すきま》をつくりだすということなのだろう。

土下座にもそういうところがあって、土下座という演技じみたふるまいをすることで、わたしはこのことに納得しているわけではないという逆のメッセージが倍音のように相手に伝わる。そんなふうに土下座されると相手も怒鳴るわけにいかなくなる。そこまでして非を詫《わ》びているのに、怒鳴り返したりしようものなら、まわりから、なんだあいつは、ということになろうから、謝られた側も矛を収めざるをえない。そうして相手との関係をこれまでとは違う水準へともってゆく……。土下座は、にっちもさっちもゆかなくなった関係を変える捨て身の術なのだ。

礼をするときは、頭を下げるときでなく、顔を上げるときこそ丁寧にすべし。これはある老舗旅館の女将に教わったことである。これは土下座よりいっそう洗練されている。

このように、メタメッセージを被せてメッセージを多重化することで、いってみれば独りで語りのポリフォニーを奏でることで、メッセージはユーモアや余情や凄《すご》みのこもった分厚いものとなる。

だからたとえば結婚式の祝辞では、若い人がよくやるように、聞く人の記憶に強く刻もうと一ひねりした話をするのでなく、定型どおりに語るほうがしみじみとした味が出る。ピッチや目つきや声に余情を託すのだ。つまり行間から滲《にじ》みでるもので語るのだ。

定型句で語るのとおなじような効果が歌にもある。人前での鼻唄であれ詩歌の朗唱であれ、

「引用」というかたちで他人の言葉を歌うものであるから、いいかえると、歌う者と聞く者とのあいだに、これは本音ではありませんよね、だから聞かなかったことにしていいのですねという相互諒解《りょうかい》があるから、逆にそれだけみずからの感情をたっぷりと込められる。ただし、カラオケでの絶唱はこの範疇《はんちゅう》には入らない。

「かたり」は、だれもが知るように、語りであるとともに騙《かた》りでもある。ここで重要なのは、真のかたりと偽のかたり(「誰某をかたる」)を区別することではなく、語りも騙りもともに、擬装という、自己を二重化する演技的な要素を核としているということだ。だから、自己へのこの隔たりが十分にとれず、言葉が剝《む》きだしになってしまえば、その話は「語るに落ちる」とされる。

自己のこうした隔てでは、たとえば討論会や読書会などでは欠くことができない。整った語り口のやや抑制のきいた言葉のうちに、さまざまな思いを含め込むのだ。そうしてはじめて、ひとは厚い対話を紡ぎだすことができるようになる。いいかえると、対話のなかでみずからの思考をも鍛《きた》えてゆく。よくよく考えたうえで口にされる他人の異なる思いや考えに、これまたよく耳を澄ますことで、じぶんの考えを再点検しはじめるのだ。

たしかに気心の知れた人との会話では、整った言葉よりも、たがいにグルーミング(毛繕い)しあうような言葉、「しんどいねえ」と相手の背を撫《な》でるような言葉がうれしい。が、公共的なことがらについて利害を異にする人びとが話しあうときには、これまで述べてきたような演技的な語りが重要になる。そのとき、言葉が多重化するメッセージを内蔵することではじめて、対話も分厚くなる。

近ごろ、だれかれなくぺらぺらの薄い言葉しか口にできなくなっているような印象を抱くのには、人びとがこうした語らいの作法を見失いかけていることが一つの理由としてあるのではないかとおもう。

宛先のある言葉、ない言葉

「午後二時というかたちでイメージしておいてよろしいでしょうか？」

ある企業の若手社員に次回のミーティングの日程を打診したとき、こんな答えが返ってきて泡を食ったと、友人がこぼしていた。プレゼン慣れしているというか、商品コンセプトの説明も、言葉が上滑りしていて淀《よど》みがない。じぶんが若いときは言葉がつかえてするすると出てこず、悶々《もんもん》としていたものだが、と。

言葉が肩口のあたりを通り過ぎ、こちらの胸にどんと突き当たってこない。言葉にざらつきがないとでもいえばいいのか……。こういう思いをさせられるのは、なにも若い人たちの物言いにかぎったことではない。

官僚が用意した大臣の答弁原稿、これを読み上げるときに、言葉は本気で質問者に宛てられているだろうか。あるいは、企業や大学の不祥事の謝罪会見。「みなさま」にご迷惑をおかけしたこと、「世間」をお騒がせしたことを謝罪しているらしいが、報道に接してその謝罪がだれに向けられてもいないと感ずるのはわたしだけではなかろう。正義の代表という口ぶりでなじる記者の前でのパフォーマンスとしてしか、たぶんだれも受けとめない。ヘンな連想だが、それは、だれに宛てられて書かれたのでもない学校での「自由作文」をおもわせる。

子どもへの本の読み聞かせはどうだろうか。ラジオの朗読番組なら、これは不特定多数を対象としていてその意味では宛先がないから、声の出し方、緩急のつけ方など、見本はありうる。けれども子どもたちに向けての朗読に、はたしてそんなトレーニングが必要だろうか。幼いころ、母親が寝たきりで、祖母が家事をしにきてくれていた。本など読んだことのないその祖母が、一度だけ、わたしが病気で小学校を休んだときに、どこから借りてきたのか、枕元で本を読んでくれたことがある。知らない字もあったのだろう、祖母は何度も詰まり、そしてついに途中で居眠ってしまった。疲れ切っていたはずなのに、なれない本読みをそれでもわたしのためにしてくれようとした、その心ぶりがわたしには何よりの贈り物だった。

補助金でおこなった事業の報告書なるものにも、疑問を感じる。だれかの講演や研究発表をそのまま起こした記録でお茶を濁したような報告書が多い。ある場所で特定のだれかに向けて語りだされた言葉と、不特定多数の人びとを対象とする書き言葉とは、まったく別の性質をもつはずなのに、その差異にあまりにも無神経だ。

フランスの高校では「コーント・ランデュ」という科目があると聞く。教師の語りを、教師のその言葉ではなく、じぶんの言葉で要約する練習である。そのことで、なじんできた言葉の世界に楔《くさび》が打たれ、未知のそれへと編みなおされる。この練習には、思考とはじぶん以外の者との対話であるという考えが込められている。

対話へと広がってゆくそのような言葉のやりとりが押し込められて、無難な、ということはだれにも宛てられていない言葉が満ちあふれているのが、いまの社会なのかもしれない。次の選挙では、政治家たちの言葉がだれに訴えかけようとしているか、あるいはだれにも宛てられずに上滑りしているだけかを注視するのも一つの手である。

〈説得〉の言葉を

あらたまった言葉、というのを大事にしたいとおもう。

いま、市中のいろんなところで哲学カフェ、アートカフェ、書評カフェのような語らいの場が生まれつつある。小さな小さな集いである。こうしたカフェでは、メンバーが揃《そろ》うまではとりとめのないおしゃべりに興じているが、ファシリテーターの「ではそろそろ始めましょか」の一言とともに座の空気がすとんと入れ替わる。あらたまった言葉に変わるのである。他人の言い分にしっかり耳を傾けるとともに、他人にしかと届くようじぶんの言葉もよくよく考えて選ぶ、そんな言葉の作法に。

あるいは、口上や言祝《ことほ》ぎ、陳謝、遺族への悔やみ、格式にのっとった挨拶《あいさつ》……。柳田國男によれば、これらは「口の文章」、口言葉の「標準型」とでもいうべきもので、いわゆる口達者というのとは似て非なるものである。

政治とは、人びとに理を問う〈説得〉の術である。人を煙に巻いたりそそのかしたりする詐術であってはならない。これはデモクラシーの基本である。ところが、選挙運動のなかを飛び交う言葉は、その基本をないがしろにしているようにしか聞こえない。

民衆の感情にひたすらおもねる物言い、敵失を嘲笑《あざわら》うかのような浮ついた口ぶり、実際の行程を示さない空約束、世論調査が出るたびころころ変わる主張、揚げ足取りか決まり文句としか言いようのない他党への「口撃」……。子どもたち、そう、未来の市民には聴かせたくないスベる言葉たちである。

投票する側からいえば、選択肢の乏しさに困惑し、だれが言ったか「レス・ワースト」、最悪をどう回避するかしか選択基準がないという、なんとも貧相な心支度しかしようがない、そんな寒々とした光景だ。

だからこそ、候補者たちの言葉の「真《まこと》」を慎重に選び分けねばならないとおもう。政治家の言葉はひたすら〈説得〉を試みるべきものだ。「輿論《よろん》」（パブリック・オピニオン）と「世論《せろん》」（ポピュラー・センチメント）の区別を強調する佐藤卓己《たくみ》の説に拠《よ》って言うなら、政治家は「世論」という感情を慎重に吸い上げねばならないが、それに応えるのではなく、それに迎合するのでもなく、民衆感情をまさに感情として預かりながら、しかしそれらをあくまでオピニオンとして編みなおし、「輿論」の次元へと移してゆかねばならない。

デモクラシーというのは折り合いの術でもあるのだから、意にそぐわなくても、最悪を避けるために譲らざるをえない場面に満ちる。そう、不如意に耐えうること、受け容《い》れられない考えをも意見として尊重すること。はたしてそれにふさわしい言葉を候補者たちが真に身につけているかどうか、そのことを見定めたい。

右肩上がりの時代が「安楽」の工夫の時代だとしたら、これから長らく続くであろう右肩下がりの時代は「我慢」の工夫の時代であろう。だからよけい、思想に厚く裏打ちされた〈説得〉の術が重みを増す。

政治を笑うことは簡単だ。政治を笑うこと、さらにはそんなふうに政治を笑うじぶんを笑うことをも越えて、このたびの選挙を「熟議」への確かな一歩を踏みだす機会とせねば。

責任を負うということ

この国から「責任をとる」という言葉は消え失せてしまったのだろうか。「尻尾を切る」という、組織によるあざとい責任のとり方はあっても、あるいはだれかに責任をとらせずにはすまさないという、メディアやネットの攻撃についに抗しえず、世間に「ご迷惑をかけた」とトップが責任をとらされることはあっても、見事といえるような責任のとり方にお目にかかることはめったにない。

原発事故をめぐっても、つい先頃、敦賀《つるが》原発の活断層調査の報告書原案を役人が事前に電力会社に渡していたという事実が発覚したが、これも「個人の過ち」として訓告処分と出身官庁への更迭というかたちで処理され、組織としての責任は問われなかった。

体罰を苦にして生徒が自殺した大阪市立桜宮高校の入試においても、教育委員会は、体育科とスポーツ健康科学科の入試を中止決定したあと、それを普通科に振り替え、しかも二つの学科とおなじ試験科目、おなじ配点で判定をおこない、四月からの授業内容もスポーツに特化したものにすることにした。形は変えたが中身は何も変わらない。生徒たちはそれを見て、ああ、おとなというのはこういうふうに辻褄《つじつま》を合わせて終わりにするのかと思ったはず。結果として最悪の実物教育となった。

責任をとらなくなったのか、システムにがんじがらめになって責任をとれないのかは別として、責任を負う、あるいは果たすということの意味が、責任を問いただされる、とらされるといった受動形にずらされてきたようにおもう。「自己責任」という語もそうだが、「悪いのは○○だ」「○○のせいだ」という帰責の意味に。

もう十数年前のことになるが、北海道・浦河町の精神障がい者施設・べてるの家をはじめて訪問したとき、こんな話を聞いた。メンバーが喧嘩《けんか》をして物を壊したり、壁に穴を空けたりしたとき、べてるの家では、詰問されるのでなく、修繕の代金をしっかり請求されるという。そしてそういうかたちで施設に貢献していると、施設の人たちから称讃されるのだという。代金を請求されたその人はわたしに「べてるっていうのは責任をとらしてくれるのがいいね」と言い、施設の責任者だった向谷地生良《むかいやちいくよし》さんは「変に甘く無条件に受け入れるというよりも、徹底してその人のものはその人に返してあげる、きちっと返せよ、って」と言っていた。

そのこころは「苦労を取り戻す」ことにあるという。苦労をするということが大事で、人間には、しておくべき苦労、跨《また》ぎ越してはならない苦労というものがある。そして、障がい者たちはこれまで苦労をさせてもらえなかったのであり、だから、苦労を引き受ける主人公にそれぞれがきちんとなれるよう、その苦労するチャンスをこそ守る装置としてべてるの家があるのだ、と。

責任のことを英語でリスポンシビリティという。文字どおり「応える用意がある」という意味だ。リスポンドはラテン語のレ・スポンデーレに由来する。約束し返すという意味だが、この「レ」にはくりかえし（約束し）続けるという意味もきっと含まれているのだろう。責任とは、進んで負うものであって、とらされるものではないことを、この語源は教えている。

「自由作文」の罪？

毎週見逃さないようにしているTVドラマが一つだけある。主人公の迫真感あふれる演技に感心しているのだが、本業は歌手のはずである。印象だけで言っているので、彼の演技がプロの眼鏡にかなうものかどうかはわからない。が、彼にかぎらず、コマーシャルでもよく見る歌手やタレントの顔を、他のドラマでもよく見かける。

主人公は歌手やタレントで、脇役を俳優が固めるというこの構図、よく考えてみれば配役が逆転しているわけである。でもなかなかに見ごたえがある。

これほどまでに器用に演じ分けられるというのは、裏返していえば、彼らの日常が、というよりは社会じたいが演技的だから、ということなのかもしれない。サーヴィス業が中心の社会は、業務でありながら顧客に、まるで知人か友人であるかのような顔つきで接するという仕事が当然多い。言われるところの「感情労働」である。アルバイトでコンビニのレジにつき、ファスト・フードショップで注文取りするときも、マニュアルどおりに、しかし満面笑みを浮かべて客に接する。

しかし、その言葉は、たとえば商店街で「さあいらっしゃい、いらっしゃい」と、頭をこづかれながら覚えたかけ声を腹の底から出すというのとは違って、どこか演劇の台詞を読んでいるような感じがする。商店街に飛び交う地声とは、本気度が違う感じがする。あくまで時間勤務であり、「売らんかな」という切迫がもともとないからである。

サーヴィス社会というのは、そんなタレントにだれもがならないといけない社会なのだろう。そういう強迫が、友人どうしの親密な交際においても見られるようにおもう。みな、この場にふさわしいキャラをきちんと演じないと「居場所」がなくなると、不安におもっている。

私的な交際の場でもそういうことに神経をすり減らすというのはしんどいことである。だからその裏で「じぶんがじぶんであるために……」という焦りも生まれる。が、この言葉にもどこか浮ついたところがある。

「学校の自由作文って、かなり罪深いですよね」。ある日、同僚がそうつぶやいた。だれに宛てることもない「感想」を書くという授業のことである。彼がそう言ったのは、学会批判としてである。このところの「研究者」という種族は、同業者宛ての内向きの文章しか書かないし、書けない。それは、外部に向けて書く練習をしてきていないから、宛先ごとに書き分ける練習をしてきていないからではないか、というのだ。

とっさに、それは研究者だけの問題ではないとおもった。「自由作文」は、手紙のようにだれかに宛てて書くのではないから、当然返信もこない。返信がないから、そしてくるのは教師の評点だけだから、「自由作文」というかたちで書いたものに、それは演じられた「じぶん」にすぎないという思いだけが残る。じぶんの「個性」もまた、商品の「差異」のようなものにすぎないのではないかという思いを、内にため込んでゆくのである。

近頃のタレントさんはなかなか演技がうまいと、感心ばかりしていられないと、ふとおもった次第である。

「他人」の位置

利他主義のことを altruism という。直訳すれば他者主義。「別の」という意味をもつラテン語の alter に由来する語である。alter とは、alter ego（他我）という表現にもあるように、「他の」というよりは「もう一つの」という意味での「別の」を意味する。alter ego はしたがって正確には another ego、つまり「もう一人の私」「第二の私」ということである。

「もう一人の私」というからには、件《くだん》の他者もわたしとおなじひとりの「人」であるということが含まれている。けれども「他者」はつねに、そのような「同類」であるわけではない。どうにも意思疎通できない者、何を思っているのかまるで了解できない者、そういう人、そういう生きものは無数にいる。そう、まったき他者（others）である。それもそれとして存在するかぎりでは、他「者」であろう。そういう他者をも、おなじ人間、おなじ生きもの、つまりは another な存在として、ひとは愛すべくつとめてきた。郷土愛を超えた人類愛、さらには生命愛というかたちで。いいかえると、「われわれ」という共同体を拡張するというかたちで。他者を「われわれ」として呑み込むというかたちで。

しかし他者はかならずしも「われわれ」の向こう側にいるわけではない。「われわれ」自身、あるいは「わたし」自身のなかで、思いがけなく不可解な他者に出くわすこともある。もっとも身近におもっていた人が突然、とりつく島のない存在と化し、唖然《あぜん》とすることもある。それをも他者として厚く迎えることもあれば、ついにそれを受けつけえないこともある。

ひとはこの二つのふるまいの一方を hospitality（もてなし）、他方を hostility（敵意）と呼んできた。ともに「客」を意味するラテン語の hospes から派生したことばである。一方は主がみずからを「客の客」へと反転させることで客を主としてもてなす心であり、他方はそういう反転がついに起こりえない心である。

他者というものには、こうした両義的な関係がつねにつきまとう。ひとの生存が社会的なもの、つまりは相互依存的（interdependent）なものであるかぎり、利己と利他はいずれも貫きとおすことの不可能な主義である。いずれも自身の死へとつながるからである。

わたしたちの生存は、だれも独りでは生きられないという、そういう峻厳《しゅんげん》な条件の下にある。そう、わたしたちの存在はつねに相互依存的なものである。育児から食事、労働、教育、介護、看取《みと》りまで、それらをひとはつねにだれかに頼り、頼られつつ営んできたのであって、語の真の意味で独立（independent）で生きうる者などいない。そのように考えるなら、「自立」とは独立のことではなく、いざというときにインターディペンデンスの仕組みにいつでも身を預ける準備ができているという状態を意味することになる。利己か利他かの二者択一を迫るのは、さして身のある議論とはおもわれない。

言葉の過不足

長らく毎日のようにテレビで原発事故の記者会見の様子を観るうち、ヘンな癖がついてきた。「安全であるとおもわれる」と言われれば、「ああ、安全でないんだな」とつい反射的におもうようになっている。

じぶんだけかなとおもっていたら、佐賀県で開かれた原子力・安全保安院による原発の安全性をめぐる説明会で、専門用語を駆使し、よどみなく話す審議官の弁に、あきらめ顔で苦笑いする聴衆の顔が映った。本気で何かを伝えようとしていないその心根を察知したのであろう。「お上」の言葉だからといって、理解できなくても「はい、わかりました」とすぐに応じることをしない、その態度をわたしは好ましくおもった。

能弁な人は、言葉に詰まりかけても即座に別の言葉をあいだに挟んで、次のステージに滑らかに移行してゆく。本人は語りながら優越感に浸っているのかもしれないが、聴いているほうはそこに、語りが綻《ほころ》びをみせることへの恐怖感を見る。それを悟られないために、語るほうは言葉のすきまをさらに言葉で埋める。とりつく島がないかのような語りを続けないと不安なのだ。

それにしても、語りへの信頼というものはいったいどこから生まれるのだろう。「意味するものと意味されるものの不均衡」という言い方をする人もいるが、要するに、言葉とそれによって語りだそうとしているものとのあいだにはつねに過不足がある。そういうずれのあることを、ひとはしかし、どのようにして知るのか。

言葉が指し示していることがらも言葉でしか捉《とら》えようがないのだから、言葉がことがらに対して過剰なのか過少なのかを判定する基準は、そもそも言葉の外には存在しない。だから、言葉の過不足をさらに薬で調節する場合のように、ひとが言葉の過不足を意識したとき、語りは得てしてもつれてしまう。言葉のすきまを埋めようとして異様に饒舌《じょうぜつ》になるかとおもえば、ふいに言葉少なになってぶつぶつ独りごちたり、ふてくされて投げやりな言葉を発したあとついに黙り込んだり……。

言葉が「腑《ふ》に落ちる」のは、言うことが整合的であるからではない。そうではなくて、一語一語、そんなことまで言っていいのか、ちゃんと伝わっているのかと自問してしまうので、言葉がついもたついてしまう、そういう語りの綻びのうちにこそ、ひとはなにか信じてよいものを見いだすものである。素人の素朴な質問に「うーん、よくわかりません」とうめくように答え、そのまま考え込む学者のほうをひとが信用するのも、言葉と言葉をつないでいるものがこの学者にあっては言葉でないことを、見てとるからである。

わたしの友人は新学期を迎えた学生にいつもこう言っているそうだ。「なんだかまるで分からないけれど、凄そうなもの」と「言っていることは整合的なんだけれど、うさんくさいもの」とを直感的に識別する、そのような前‐知性的な能力を身につけたとき、きみたちは真の意味で知性的になる、と。

言葉のアイドリング　遅ればせながら、総長退任の弁

ずっとマニュアル・トランスミッション（MT）の車に乗ってきた。この十数年間は六段変速の車に乗っている。好きになったらとことん乗る主義で、前の車もまるまる十四年つきあった。赤い車だったが、野ざらしにしていたので、処分するときは脱色してピンクになっていた。

オートマチック・トランスミッション（AT）のばあい、面倒くさければ、ずっとギアを入れっぱなしにしておいても問題はない。が、マニュアルのばあいはそうはいかず、変速するばあい、あるいは停車中、面倒でもそのつどクラッチを外さないといけない。面倒ではあるが、その面倒が愉《たの》しいから乗っている。オンとオフの切り換えが心地いいから、乗ってい

るのだ。ギアを入れっぱなしで乗っていられるオートマチックは、そんな切り換えなしで乗っていられるという点で、わたしなどにはとても退屈で、惰性で乗る車というイメージしかない。車を下駄だと考えれば、まあそれはそれでいいのだけれど。わたし自身もごくたまに、下駄履き感覚で乗ってみたいなと、おもうことはある。

時はさかのぼって九年前のこと。それまで勤めていた文学部から大学本部に異動になった。その五年目に、なんの心の準備もなしに総長職に就くことになった。わたしにとってこれはギアの入れ違い、ほとんど「事故」のようなものだった。日本でいちばん学部生の多い国立大学のそれだから、息を抜く間もない。時限のあることと覚悟を決めて事にあたることにしたわけだから、それはそれでいたしかたない。けれども、違う場所にいるという思いは最後まで拭《ぬぐ》えなかった。

それまでは、職場でも書き物においても、言葉の膝《ひざ》を折るということはめったにしなかった。言いたい放題だったわけではもちろんない。が、じぶんなりの節度で言葉を抑えたり、逆に勢いで言い切ってしまうということができた。じぶんで許容できる言葉のシュピールラウム（あそびの空間）というものがあって、そのなかでおもいきり言葉を乱舞させることもできた。言葉を雑巾《ぞうきん》のようにきつく絞ったり、湯船に浮かべるかのように揺らめかせたり、尖《とが》った鉛筆のように削ったり、籤箱《くじばこ》の玉のようにがらがら混ぜることもできた。

そういうあそびが、ある日突然、許されなくなった。あそびといっても悪ふざけのことではない。歯車でいうところのあそびである。言葉に襞をつくると二枚舌だと言われる。言葉を棒のように伸ばすと話が長いと言われる。言葉を尖らせると「傷ついた」という反応が返ってくる。悩ましいことが起きても遅滞なくコメントしなければならない。なかば思いつきで言ったことがただちに「方針」として伝わる。ためらいがちに口にした言葉、もつれた言葉にも、一言一句チェックが入る……。

言葉のギアが入りっぱなし。言葉を遊弋《ゆうよく》させることができなくなった。アイドリングの状態にしておけなくなったのである。

「立場」がそういうものなのだからしかたがないと思い定めようとしたとき、ふと目にとまったのがカントの『啓蒙とは何か』の文章。理性の公的使用と私的使用について書かれたあの有名な箇所である。そこでカントは、理性の私的使用とは、ふつうそうおもわれているように個人的な利益のためにそれを使用することではなく、特定の集団のなかでみずからに割りあてられた地位や職務にしたがったふるまいをすること、組織内の立場に照らした発言をすること、つまりは没批判的であることだという。わたしが「公務」と考えて、それに忠実にふるまおうとしたこと、それこそが理性の私的使用であるというのだ。

この言葉はきつかった。没批判的とならないためには、いったん状況から身を外して根本から考えなおすための隔たりを確保しなければならない。つまり、ギアを解いておのれの頭をアイドリング状態にする必要がある。けれどもアイドリングはその語のとおり、怠けや空回りであってはならない。周囲はそれを許さない……。

いちばんきつかったのは任期の最終年。その春、東北で大震災が起こった。原発事故も起こった。震災の翌日に後期日程の入試があり、二週間後のおなじ金曜日には卒業式が控えていた。その間もまずは支援物資の準備、支援員派遣の段取り、遅らせるわけにはいかない年度末の学務・労務、数知れない送別の挨拶……。睡眠もろくにとれないなかで式辞の準備をしなければならなかった。桁違《けたちが》いの災害であることはテレビの画面から見て取れたが、全体を俯瞰《ふかん》できるような被災状況の報道はなく、家族が被災した学生もいるなかで、いったいどのような言葉を、六千人を超える学生・院生に届けるというのか……と、茫然《ぼうぜん》としている時間、さえなかった。

そして三月二十五日、任期中はじめて、わたしはじぶんからギアを入れていた。

全速力で走りながら考えることについて、寺山修司がどこかで書いていた記憶がある。じぶん自身を追い抜く「速度の思想」についても読んだおぼえがある。わたしはといえば、それは、なさけないかな身の丈にあわぬこと、無理なことだった。かわりに、たまたまだけれど、総長退任のその日を発行日として、わたしの新刊『「ぐずぐず」の理由』が書店の棚に置かれることになった。

消えゆく言葉の地

地の言葉というのが好きで、たとえば博多に行ったときは、下校時の夕方、地下鉄のホームでわざと列車を数台やりすごし、高校生の地の言葉での会話に耳を傾けたりする。

このあいだは、ＮＨＫのドラマ「八重の桜」のなかの会津弁、「ご無事で戻ってくなんしょ」にしびれたし、大阪の友人に教えてもらった薬局の貼り紙、「寝た子を起こすええ薬、ありまっせ」にも相好をくずした。これ、強精剤の宣伝である。

一方で、テレビを観ていると、九州の子が、東北の子が、インタビューにすらすらと標準語で応えている。とても無理しているというふうには見えない。

口は「内臓の前端露出部」、内臓の触覚のようなものだと言った人がいる。その解剖学者、三木成夫《みきしげお》は、声はだから、「露出した腸管の蠕動《ぜんどう》運動」である以上に、〝響き〟と化した内臓表情」であるとも言っている。そうだとすれば、言葉が「腑に落ちる」というのも、「喉《のど》から手が出る」というのも、けっして比喩《ひゆ》でないことになる。土地、土地で食べる物が変われば、腸の蠕動も異なってくる。だから地の言葉には、独特のイントネーション、リズムやピッチがあるはず、だった。

ところが、巨大な流通システムが支配する現代、わたしたちが口にするものといえば、各国から輸入した食材をとりまぜ、加工した食品がほとんどだ。産地も知らず、栄養価だとか安全性とかを成分表示から読み取るばかりだ。食材にかぎらず、現代生活のベースとなっているものは、衣料から住まい、ショッピングモールやコンビニ、さらには駅前や国道沿いの風景まで、地域差がほぼなくなっている。言葉に地域色がなくなってゆくのも自然の道理だ。

地の言葉の色や綾《あや》や艶《つや》につよく惹《ひ》かれるわたしには、これはなんとも寂しい。が、ふとそうでもないかな、という思いもまたよぎる。わたしもふくめ関西人の少なからぬ部分は、他所《よそ》で暮らすようになっても、関西弁をなかなか棄《す》てない。でもこれは、ほんとうは不幸なことなのかもしれない。外国語で話すとき、わたしたちはふだんとは違うじぶんのとりまとめ方をする。芝居で役を演じるとき、別人としてのあり方をからだ全体で表現する。するとはじめはじぶんが消えるような不安に襲われるが、やがてこんなじぶんもありえたかもしれないという不思議な感覚に浸されてくる。そう、じぶんをじぶんへの密着から引き剝《は》がす手法として、他の言葉遣いをすることには大きな意味がある。

そういう意味では、わたしはこれまでことばを失う哀しみと悦びとをともに知らない不幸のなかにいた。だから、生まれ育った場所を感じさせない言葉を話せる人が羨《うらや》ましい……。

「けれども」、という声がまたする。会う人ごとにそんなふうに器用に言葉を使い分けるやつというのも、どこか信用がおけないな、と。言葉というのはなんとも難儀なものだ。そしてまた別の声が聞こえる。このことは、語ることが騙《かた》ることでもあるという、言葉の本性に根ざすのではないか、と。

語源の教え

世界は、地球のそれぞれの地域で異なった言葉で語られ、書かれているのに、ときどきおなじ語が微妙に変化しながら遠く離れた地域にまで伝わってゆくことがある。あるいは逆に、なんのつながりもないのに偶然、離れた地域でおなじような音で言葉が編まれることがある。

前者の例でいえば、西洋語の「アクア」、アクアリウム（水族館）というときのアクアと、日本でいう「閼伽棚《あかだな》」の「あか」が、古代インドのおなじ語からそれぞれ東西に伝わっていったものだとは、高校の古典の時間に教わって知っていた。が、まさか「旦那《だんな》」や「世話」といった語が、もとはサンスクリット語にあって、それが変形して西洋にも広がっていったとは、最近まで知らなかった。

「旦那」は「ダーナ」というサンスクリット語を語源とするが、これが西洋に伝わっていって、「ドナー」になったという。たしかに、ともにじぶんにとって大事なものを他人にふるまう人というふうに「旦那」と「ドナー」と解すれば納得がゆく。

「世話」は「セーヴァ」(seva)に由来するそうな。その seva はラテン語のたとえば servio(奉公する、尽くす、従う)という動詞に転化し、さらに英語の「サーヴ」や「サーヴィス」となるというわけだ。嘘《うそ》みたいにできた話だが、やはりほんとうらしい。

人類にとってもっとも本質的ないとなみは、言葉においても普遍であるということか。後者の例でいえば「道路」と「ロード」、というのは冗談だが、ここでもすぐ、人間という存在の奥底にある理由からきているとおもわれる東西のことばの類似に思いあたる。

英語で mama(ママ)は母親、mamma(ママ)は乳房、mammal(ママル)は哺乳類《ほにゅうるい》を意味する。mama は幼児が自然に発する ma の音を反復するなかでかたちづくられた語らしい。日本語でもごはんのことを幼児は「まんま」という。西洋ではお乳にかかわるものを mamma で表現し、日本では食べ物を「まんま」という。まずはそれなしに生きられない、口から摂取するもっともだいじな栄養物をおなじ音で表現することには、やはり理由があるのだろう。

さらにおどろくことは、「母」と「海」のつながりだ。子どもが mama と呼ぶ「母」は、ラテン語で mater、そして海は mare、ここにも語音の(ひいては意味論的な)つながりがある。他方、漢字の「海」には「母」という字が含まれている。「母」は「女」に「、、」がついた字だという。「、、」はいうまでもなく乳房をかたどっている。そしてそのおっぱいを含み、「母」を含んで「海」という字がなりたっている。そして、「うみ」は「生み」「産み」に通じる。二つは恵みを産むものとしてつながっている。

わたしは若いころから、いろいろな語源辞典を机のすぐ脇に置いている。倫理思想史を勉強したときには、ドイツ語で「負い目」とか「咎《とが》」とか「罪責」を意味するSchuldという語が商人の言葉からきていることをニーチェから学んだが（ベルクソンにも道徳に関する言葉と商人の言葉との対応についての指摘がある）、辞典を引いてみるとたしかにその語の本来の意味は「借金・債務・負債」とあった。ドイツ語で日本語の「ごめんなさい」にあたる謝罪のことばはEntschuldigungだが、これは文字どおり訳せば「わたしの罪責を免除してください」ということになる。

そういえば、日本語でも謝るとき「すみません」という。ここにも、まだ他人からの借りの返済が済んでいないという意味が込められているのだろうか。

語源辞典は、ときに哲学書よりも、深い人類の知恵を教えてくれる。わたしが哲学の主題について考えるときにずっとそばに置いてきたのは、E・バンヴェニストの『インド＝ヨーロッパ諸制度語彙集』とR・ウィリアムズの『キイワード辞典』。

6

贈りあうこと

存在を贈りあうこと

九月の末まで夏の気配が残っていたが、ここ数日、急に冷え込んできた。夏に就職の内定通知が一つももらえていない大学卒業予定者がまだ四割ほどいると報道されたが、こちらの冷え込みはどうなのだろうか。

百近くの企業に登録し、炎天下したたり落ちる汗を拭いながらそのうち二、三十の企業を面接試験のために訪れ、そして結果、内定がゼロ。「シューカツ」の研修を受け、感覚にぜんぜん合わないスーツに身をくるみ、媚《こ》びるかのように必死で心のしなをつくる……。若い人たちのそんな姿を想像するのはなんともしのびない。高度成長期の中学生の集団就職では、家計を支える、家族のために口減らしをするといった理由を子ども心に知るところがあって、送りだす家族の「すまない」という気持ちをしかと汲《く》みえたが、いまはそうした背後からの支えも、企業からの迎えもない。

査定や評価という仕組みが社会の隅々にまで浸透してゆくなかで、ここでいちど立ち止まり、試験を課すこと、受けることの意味についてよくよく考えてみる必要があるようにおもう。

かつて人生を決める査定といえば高校・大学の入試と入社試験くらいのものだったが、いまはその入試が小学校、さらには幼稚園の時点にまで繰り上がり、他方、昇進や再就職のための査定は定年の後まで続く。そしてその間、何度も「不合格」との査定を受ける。あからさまにいえば、「不合格」とは「貴方はわたしたちの組織に相応しいものではない」「貴方の存在はわたしたちには不要である」というメッセージを突きつけられることである。この「存在の不要」という烙印《らくいん》を、わたしたちは物心つかないうちから押されつづける。そのことが人にどれほどのダメージを、それと知られることなく与えつづけてきたことか。

この時代、わたしたちの存在はいつも「もし～できれば」という条件つきでしか肯定されない。だからひとはいつも、じぶんにできること、じぶんにしかできないことを必死で問う。こうした問いに責めさいなまれても、答えはめったなことでは出ない。そのうちこうした問いは、じぶんはまだここにいていいのか、ここにいるに値するものかという問いへと尖《とが》ってくる。が、そこにも確かな答えがあろうはずはない。だからひとは、「もし～できれば」などという条件をつけないで、たがいをそのままで認めあえる関係、そう、わたしのこの存在を無条件に肯定してくれるような他者との関係に渇くことになる。そういうわけで、いまどきの子どもは教師よりも親よりも友だちを大切にする。けれどもそれはけっして安住の場所ではない。友だちに疎《うと》まれないよう、友だちの環《わ》から外されないよう、それに相応しいじぶんを必死で演じつづけなければならないからだ。

人を選別する社会は、人にその存在の資格を問う社会である。選別はしかし、人そのものではなく人の属性を査定することであって、人を選ぶということとは異なる。だれと出会うかを、ひとはみずから選ぶことができない。が、あるとき不意にだれかに選ばれる、ということはある。思いもよらぬ人に恋心を打ち明けられたり、見知らぬ認知症の人に息子／娘として選ばれるということがありうる。このときひとは代わりのきかない特異な存在として選ばれる。ここに選別ではない選ばれということがある。

一方、「この仕事をするのはべつに貴方でなくていい」という代替可能性ではなくて、「貴方ができないんならだれかが代わりにやってくれるよ」という代理可能性というものがある。憔悴《しょうすい》したり、体の具合が悪いときに、だれかが代わりをやってくれるという関係、いってみれば油断していてもいい関係である。

このように特異な存在として認められることと、代理可能な存在としてあることとが、ともに成り立ちうるような関係こそ、ひとがほんとうに安らっていられる関係なのだろう。

わたしのいのち、わたしの存在は、他の人たちとの関係のなかで保たれるものである。そうした関係から外されると消えゆくものである。だから、わたしがわたしでありつづけるためには、わたしがわたしとして消え入りそうなまさにそのときに、だれかに引き留められるのでなければならない。憶えられているのでなければならない。英語で「認める」ことをレコグナイズという。レコグナイズを字義どおりに解せば、改めて知ること、知りなおすことである。他者によって改めて有りとされることで、ひとは生き存《なが》らえることができる。いまの若い人たちには、まずは査定ではなくて、そのような存在の承認をこそ贈らねばならないとおもう。

信頼の根を養うということ

人を歓ばせて歓ぶというのは、どうも人の常のようで、わたしたちは傍《かたわ》らに幼な子がいると、ついこそばったり、いたずらをしたりして、相手がきゃっきゃと声をあげ、身をよじるのを見て歓ぶ。

そういえば過日、知的障害のある児童たちによるアート作品の制作を支援している知人から、こんな話を聴いた。

夢中になって描いた絵に、「すごい」「びっくりした」と声をあげると、その子はそれとは違った絵を次々に描いてくれる。ところが、絵ができて、「よくがんばった」「よくできたね」と声をかけると、次にそれとおなじ絵をまた描くというのだ。

教育ということを考えるときに、このエピソードがもつ意味は小さくない。

たとえば小学校に入って経験する給食。先生と「今日のごはん、おいしいね」と声をかけあうのでなく、「全部食べられましたね」と先生に「完食」をほめられたとたん、給食は味気のないものになる。教師が、いっしょに食べる人ではなく、食べないでチェックをする人へと足場を移してしまうからだ。

ほとんどの子どもは、幼稚園では先生といっしょに楽しめたあの「お歌とお遊戯」が、小学校に上がって「音楽」と「体育」になると、すなおに歌えなくなる。愉快に体を動かせなくなる。もちろん「お歌とお遊戯」もただの遊びでなく、みなとふるまいを合わせる練習でもあるのだが、そこには先生も入っていた。訓練でありながらも、それより先に、違う声、ばらばらの動きを合わせる楽しみを伝えるものであった。他者への信頼というものの根をまずは養うものであった。

が、学校では、その根をたがいにくりかえし確認することがないまま教師はあちら側に回る。査定する側、評価する側に。だから児童は、何をするにもじぶんが験《ため》されていると感じるようになる。こうしていつしか学校は、教師と児童、そして児童どうしがたがいを験す場所になり、自発的な体の動きを封じ込める場所になっていった。

信頼の根を養うということで、ふと連想することがある。

ＮＨＫの連続ドラマ「カーネーション」は、東北の被災地の復興と並行して放映された。

主人公・糸子の母親役の麻生祐未《あそうゆみ》さんが、挫《くじ》ける夫や子どもたちを口で慰めるより手でいとしく撫《な》でるシーンが、強く心に残っている。それぞれの背中越しに、相手になり代わって、「しんどいねえ」「くやしいねえ」とつぶやくシーンである。そしてずっと思っていた。この間、政治家・官僚や原子工学者や電気事業者らが、もしこのような場所からこのようなつぶやきを、被災地の人たちに、国民に届けようとしていたら、専門家への信頼というのもこれほど損なわれることはなかったろう、と。

信頼できる専門家とは、特別な能力のある人でも、じぶんたちに代わって責任をとってくれる人でもなく、だれにも答えの見えない問題を「いっしょに考えてくれる」人のことだからである。

大飯《おおい》原発再稼働をめぐる野田佳彦《よしひこ》首相の数日前の会見は、強弁としか言いようのないものだった。この国がたどるべき道筋は語られず、論拠もそれを裏づけるデータも示されなかった。次の次の世代にも言葉を届けようとの思いを欠いたこの会見は、反対行動に「団結」をもたらすことはあっても、新政権が掲げてきた「新しい公共」を養うことはついぞないだろう。

いのちのささやかなふれあい

このところ高校生と定期的に小さな集いをもっている。そこにいちど、幼児が混ざり込んだ。二歳ちょっとの男の子。ひとりの女子高校生に「ちょっと抱いてみる?」と声をかけると、「抱いたことがない」とひるむ。「ほれほれ」と声をかけ、男児を彼女にあずけた。体ががちがちで、なんともぎこちない。横抱きにしてゆらゆらすることも、片手で腰の下を抱え込むということもない。突っ立って縦に平行に棒抱き(?)である。

十五分ほど経ったころだろうか、ふり返ると、地べたで、一言も発しないで見つめあっている。たまに子どものほうがおねえちゃんにちょっかいを出したり、むにゅむにゅ言いながら一人遊びをしたりする。一言たりとも語を交わすことなく、しかもそれがちっとも居心地わるそうに見えない。不思議な光景だった。

求められてもふだんはめったに口を開かない高校生が、おなじように口数の少ない幼児と、言葉なしにこんな穏やかな時間にひたることができている。沈黙がはさまることを怯《おび》える多くのおとながとうていもてない時間だ。かけひきやさぐりあいの会話ではなく、相手を黙らせるための長広舌や、沈黙を埋めるためだけの空しい言葉のやりとりでもなく、すり減った貨幣のような定型句の交換でも、じぶんたちだけの暗号のような語の唱和でもない、沈黙の不思議な充溢《じゅういつ》。

おそらくこの女子高校生にとっても、この体験ははじめてのことだったろう。ただそのような、ぶよぶよ、ふにゃふにゃのいのちを腕の中に包み込むという経験がなかっただけのことだろう。家のトイレから公衆便所までみな水洗になって、他のいのちの姿ともいうべき他人のうんこを目にすることがなくなったのとおなじように。

水洗から連想したわけではないが、むかし、中川幸夫《ゆきお》さんという華道家のアパートを訪ねたとき、室町時代の立花《たてばな》の見本帖を見せてもらった。そこには日本刀のような鋭い葉をした旬の水仙ではなく、盛りを過ぎて萎《しな》びた水仙を生けるお手本があった。かつての華道には、いのちの兆し、芽吹き、華、萎《しお》れ、枯れのそれぞれをそれぞれにいのちの「花」として生けようとするまなざしがあった。

そんないのちの感触を世代から世代へと伝える機会というものに、残念ながらいまの子どもたちは恵まれていない。遺体の清拭《せいしき》もまた「プロ」の手によってなされ、死の感触もまた遠ざけられて久しい。

友だちといえば同級生か同期生にほぼ限られるような、人生を年齢で輪切りにしてきた社会。そこでは異世代のあいだに無難な言語コミュニケーションはありえても、高校生と赤ちゃんのいのちのふれあい、お年寄りと小学生の沈黙のふれあいといったことは起こりにくい。東日本の大津波と原発事故からもうすぐ二年。震災後しばらくは、多くの人たちが被災地の人たちの思いを、その体感ごと必死で想像しようとした。ありふれたあたりまえの日常を、一つの僥倖《ぎょうこう》として受けとめなおした。幼いいのちの未来をつよく案じた。震災についての論調がこのところ、どこか大振りに、がさつな漢字熟語だらけになるなかで、先の小さな光景が、人として見失ってはならないものを教えてくれた。

「ふれあい」の意味

岡山駅の土産物売り場で、美しい桃を見つけた。赤子の頬《ほお》のような甘い色もさることながら、ピーチ・スキンといわれる、表面のあの微細な肌理《きめ》に吸い寄せられたのだ。目の詰まったうぶ毛のようなその肌がなんとも愛おしく、ふと手が伸びた。すかさず横から「だめ、だめ」という声がした。駆け寄ってきた売り子さんに、手を触れるとそこが変色するのだとたしなめられた。言い合いをするのもなんなので、果物というのは高いものだと内心おもいながらも、その場から知りあいに季節の挨拶《あいさつ》として送ることにした。

触れるほうはそっと愛おしむように触れているのに、触れられる側は少なからぬダメージを受ける。つまり、触れるものの思いとは逆の結果が生まれてしまう。これ、ひょっとしたら、人間と果物とのあいだより、人間と人間のあいだでこそ、よりはなはだしく起こることなのかもしれないと、昔の記憶をたどりながらおもう。

ひとは物を損なわないように、傷つけないように、そっとまさぐるようにさわる。卵をもつときも、きれいな着物に触れるときも。相手が人間でもおなじで、愛する人に愛おしく触れるときも、赤子の肌におそるおそる触れるときも、ひとは細心の注意を払う。触れるか触れないかのぎりぎりのところで、手の力を調節して。触れるというのは、ものとの単なる接触のことではなく、相手に深い関心をもって、いたわるように、まさぐるようにその輪郭をなぞるということなのだ。

触れられるほうはどうか。触れるか触れないかのところで身を探られるというのは、極度の緊張を喚《よ》び起こす。神経がぴくつき、鳥肌が立つ。何をされるのか予測がつかないそのような接触は、緊張や不安をつのらせるばかりだ。桃もそういう緊張のなかで、身を護るために肌を一瞬縮ませ、そのことで組織が歪み、その部分だけ変色したのかもしれない。

まさぐるというのは、もちろん、愛おしむことであるが、探るということでもある。たがいに深い信頼感のなかにあるときには、それは愛撫《あいぶ》となるが、そういう信頼感を欠くところでは、検査や検閲という意味を帯びる。

この違いは何か。親密なものとして相手に身をゆだねることができているか、他なるものとして相手に対峙《たいじ》しているか、の違いである。

だから赤子を愛おしむ親は、まさぐる前に赤子のからだをぎゅっと抱きしめる。他者として対峙するのではなく、強く密着してまずは一体になる。そのなかでおずおずとまさぐりはじめるのだ。うぶ毛を逆立てることなく、うぶ毛にそって、何度も何度も撫でさする。赤子は快さのなかを漂う……。

逆に、たとえ微《かす》かな圧力であっても、不意に、どこかから触れられたり圧《お》されたりすると、赤子はひどく脅《おび》える。他者からの侵蝕《しんしょく》や攻撃の開始と区別がつかないからだ。当然、皮膚の表面を緊張させ、侵蝕を防ぐために身を塞《ふさ》ごうとする。

他に向かって身を開くことができるためには、まずいちど包まれなければならない。ここに一つの真実がある。

個体として生まれなおすためには、まず母体の羊水のなかで育《はぐく》まれなければならない。社会の一員としての「しつけ」を受けるためには、つまりおとなたちの言うことを聞くことができるようになるためには、まずはいちどおとなたちからとことん愛おしまれなければならない。子どもたちがおとなの声に身を開くのはそのあとのことだ。

他人のたましいの声に耳を傾けることができるためには、まずいちどその声に攫《さら》われ、この声のなかに引き入れられねばならない。聴くことはそのあとに始まる。近ごろは、教師も政治家も、生徒の声、国民の声に怯える。が、その前にしなければならないのは、それらの声に身を晒《さら》すことだとおもう。

「親孝行」というささか奇妙ないとなみ

あらゆる生きものは子を産む。子を産みっぱなしの生きものも多いが、すくなくとも哺乳《ほにゆう》類《るい》は子を産んだあと、成長するまで育てる。ここまではよい。では、介護は？

子育ては先に生まれたものが後に生まれたものに対してする世話である。介護はこれとは逆に、後に生まれたものが先に生まれたものに対してする世話である。このような世話はどうも人間にしかみられないようにおもわれる。ためしに友人の霊長類学者に訊《き》いてみた。たぶんそうにちがいないと彼は言いつつ、それに類する例を一つだけ、ゴリラの集団で見たことがあると答えた。勢力を失ってボスの地位を引きずり下ろされ、視力も失った老ゴリラの、その臨終が近づいたとき、おぼつかない足で彼が移動しはじめると、群れのゴリラたちは、まるでかれがボスとして群れを率いているかのように彼の後ろについて行った。かれを「立てていた」としかおもえないと、友人は言った。

となると、そういう敬いの行為はごくまれにみられるにしても、日々その世話をするという介護行為は人間だけにみられるものだと言ってよさそうである。いってみれば親孝行。

親孝行は、かつて世話してもらったものが長じて世話をしかえすことである。先に生まれたものを後に生まれたものがする逆支援である。こういう「しかえし」――与えられた恩義に報いるときは「し返し」だが、危害を与えた者に復讐《ふくしゅう》するときは「仕返し」となる――は、わたしたちの文化のそこかしこで日々なされている。なされるべきだとされている。

「ねぎらい」というのも、言葉でなされるのであれ、一席設けるのであれ、そういう「応答のしかえし」の一つに数えてよさそうだ。「おごり」への返礼ともなると、中元のお返しのように厳密に同額に相当するものを返す習慣もあれば、香典返し、結納返しのように「半返し」のきまりがあるものもある。そのあたりの消息については、最近出たばかりの伊藤幹治の『贈答の日本文化』が詳しい。

ヨーロッパには、道徳についての意表をつくような教説がある。道徳や正義の起源を、商業や算術の論理に見いだす議論である。たとえば責務の観念、あるいは咎《とが》や負い目といった感情を、負債や借金という商業的な観念に由来するとするニーチェの説。債務に対する決済、損害に対する補償というふうに、まるで天秤《てんびん》で量られるかのような価値の均衡、そこに「償い」や「報い」といった道徳と正義の起源を見いだすベルクソンの説。「目には目を、歯には歯を」(等量の苦痛を)といった報復の論理も、損害の厳密な均衡にこそ正義があるとするものだ。

これに対して、カントにみられるような道徳的なリゴリズムは一見、「善い行為には幸福な結果、悪い行為には不幸な結果」という道徳的な行為と幸福とのカップリングを排して、そのような結合は神の意志にかかわるものであり、それをわれわれはただ希望しうるだけであって、人間としてできるぎりぎりのことは「幸福であるに値する」よう行為することだけであるとした。が、このような主張もまた、あいもかわらず幸福を徳の「報酬」と考えているとは、シェーラーの憎まれ口というか、厳しい指摘である。

そういう意味では、日本における「ねぎらい」や返礼の精密な習慣にも、借りを返すこと、恩義に報いることといった面がたしかにある。しかし、親孝行、あるいは後に生まれた者が先に生まれた者の世話をするという「ケア」の文化は、そうした贈与と返礼の論理にほんとうに回収できるのか。「責任」を意味するリスポンドという語の接頭辞 re- には、「〜に対する応答」という意味のみならず、「ふたたび」「いま一度」というレペティション（反復）の意味もある。じっさい、共同体の伝統的な行事には、「これを止めたらばちが当たる」というただそれだけの理由で伝承されているものが多い。金をたっぷりもらってもしたくはない、そんなしんどい作業を長らく継続できてきたのは、ただみなが昔からくりかえしやってきたというそれだけの理由による、と考えることもできるかもしれない。

ケアという、人間だけにみられる文化も、贈与論よりはもうすこし広々とした場所で考えつづけたいと、いまはおもっている。

時間をあげる

「時は金なり」（タイム・イズ・マネー）。

アメリカ独立の立役者の一人とされるベンジャミン・フランクリンの言葉として、あまりにも有名な言葉だ。ただし、出典は不明。

フランクリン自身が書いたものとしては、『自伝』のなかに次のような言葉がある。「時間を空費するなかれ。つねに何か益あることに従うべし。無用の行ないはすべて断つべし」。これはフランクリンの「十三徳」の一つ、「勤勉」の項に書かれているものである。

これに先立って、十七世紀英国の哲学者、ジョン・ロックが、人間はそれぞれの行ないをつうじて新しい価値と富を創造すべく神により命ぜられているとして、「怠惰で無分別」であるより「合理的で勤勉」であれ、と書いていた。

こうした「モダン」な心の構えは、この国でも、明治の「富国強兵」以降、そしてとくに戦後の高度成長期に、人びとの心のなかに、深く、深く浸透していった。時間を無駄にするな、時間を有効に使え、というふうに。「能率」と「効率」が第一とされる社会では、少ない時間で多くのことをなしとげることが推奨され、怠けること、さぼることは、まるで悪徳のようにいわれることになった。

「ポストモダン」といわれる時代になっても、この心性はエスカレートすることはあっても、衰えることはなかった。時代は「ロハス」といいながら、他方ではしっかり年度計画と自己評価を求められる。人びとは、知らぬまに、手帳の予定表に空白があるのを怖れるようになった。

しかし、無為は怠けでもさぼりでもない。とりわけ介護や介助といった「ケア」のいとなみにおいては、とことん相手に合わせることが求められる。つまり、こちらがイニシアティヴをとるのではなく、相手の思いに付き添うこと、相手のペースに合わせることが肝要だ。

「めいわくかけてありがとう」

元フライ級日本チャンピオンでのちにコメディアンとして活躍しながら、暁の海に没したたこ八郎の墓石には、たこの言葉としてそう刻まれている。こんないいかげんなじぶん、迷惑をかけどおしのじぶんに、最後までつきあってくれた人、逃げないでいてくれた人への感謝である。

その人たちはそれぞれに、その大事な時間をじぶんのためにくれた。その時間がもったいないとか無駄だとは思わないでいてくれた。そのことへの返礼だったのだろう。

介護士、カウンセラー、教師、さらにはカウンターの向こうにいる人、じっと話を聴いてくれる親……。それぞれのケアのあり方に思いをはせると、ケアとは「時間をあげる」ことだと考えたくなる。

英語で「リベラル・オヴ・ヒズ・マネー」といえば、彼は金離れがいいという意味。名詞にすると「リベラリティ」。これは気前のよさという意味だ。時間は貨幣のように大事なものだからこそ気前よく人にあげる……。そこにこそ「勤勉」とは逆の、ケアの心があるようにおもう。

気ばたらきということ

震災復興対応が大幅に遅れるなかで、増税論議がなされ、そのさなか、かつて凍結されたはずの公共事業がどんどん復活しだしている。将来世代にツケを回しつづけてきた施策への反省、「経済成長神話」からの脱却、暮らしのダウン・サイジングの模索といった、一時期人びとが覚悟を決めかけた課題はどこへやら、省庁の旧来の予算取りがまた活発になっている。若者の就労枠を狭める「新規採用の抑制」は図られても、巨大事業の復活には歯止めが利かない。だれか全体を見渡す人はいないのか？　新聞記事を見てそんな溜《た》め息をつく人は少なくないだろう。

極端なまでの職域の機能別分化、学問の細分化。それが、危機対応を鈍くしている、あるいはけっきょくだれも責任をとらない「無責任」の構造を崩せなくしている……。しばしばそんなふうにいわれる。いわゆるタコツボ化である。

だから政府や自治体では、省庁の個別利害を超えて横串をさすような組織がつくられたり、広く意見を聴こうということで、パブリックコメントを求めたり、公聴会やタウン・ミーティングを開いたりする。高等教育・研究機関のほうでも、ながらく学際研究や文理融合の必要性が声高く叫ばれてきた。

この議論、一見まっとうのようにみえる。だが、パブコメや公聴会はただ形を整えるだけに終わってこなかったか。文理融合が目を見はるような成果をあげたことがあったか。

社会システムが複雑になるにつれて機能分化が進行し、限定された業務を正確かつ能率的に遂行するために、組織が専門分化し、さらにそれがタコツボ化するのはさけられない。けれども、専門化はその領域に閉じこもることとは異なる。それどころか、専門領域に閉じこもれば、そもそも専門職そのものが不可能になる。タコツボ構造の打破を言うまえに、専門職はそれぞれがまずは確定した専門領域で仕事をしているという前提をこそ、疑ってかかる必要があるのではないか。

ことさらに言うのもはばかられるのだが、細分化された知識や技能はそれだけでは社会的に有意な業務を何一つなしとげられない。行政でも研究でも、一つの専門的実験をするのにさえ、「技術屋さん」、経理担当者など別の専門スタッフに無理を聴いてもらったり、やりくりをしてもらったり、ときに二番手ということで折り合ったりして、その協力を得る必要がある。ものごとを専門的に突きつめるにも、同時に他領域に、全体に、きちんと目配りする才が要るのだ。この二つの才は一体になっていなければ意味がなく、だからそこに先後はない。

家事や介護労働といったいわゆる他者のケアという仕事は、社会的にあまり高く評価されてきていない。機能分化という視点からすれば、これらの仕事はじつにまとまりがなく、中途半端。どの作業もすぐに横やりが入り、手を止めざるをえない。そしていつも「待ったなし」。あれやこれやの勝手な言いぐさに囲まれながら、それでも他を案じる、全体に目配りする、そんな気の利きかた、そう「気ばたらき」が求められる。「ながら」型の業務のなかで強いられるこうした「気ばたらき」、それがなければ、行政であれ研究であれ、そもそも社会的な業務は首尾よくゆくはずがない。そんなあたりまえのことを、今日、専門職と称する人たちは忘れはてているのではないか。

だから教育の改革を、と問題を他に、あるいは先に投げてはいけない。それよりおのれの足下で本務でもないのにだれかがやってくれている仕事、たとえば家事、町内の行事の準備などに加わってみることが、存外いちばんの勉強になるのでは。インターンシップが必要なのは、学生ではなく専門家集団である。

失敗というチャンス

何万回とはてしなく実験をくりかえすなかで、ごくたまにあっと驚くような結果が出て、それが新しい発明・発見の種になる。これが、科学の実験や技術開発の常らしい。理系の強い総合大学の学長職にあったとき、わたしは数ある学内の研究所や教室を見てまわるなかで、そのことをたっぷり知らされた。そこはさながらファクトリーのようであった。田中耕一さんによる「ソフトレーザー脱離イオン化法」の発見も、山中伸弥《しんや》さんによるiPS細胞の作成も、きっとそうした失敗の山のなかから生まれたのだろう。

高校野球のようなトーナメント競技にも、おなじことがいえる。全国数千の高校野球チームが戦って、半年後には各県代表が出揃《でそろ》う。そして最後に頂点に立つのはたったの一校。一校を除いて、全国すべてのチームが敗北を経験するのである。その意味で競技とは、痛恨を経験することで人としての幅を広げてゆく、そんな教育にほかならない。

「私は失敗したことがない。一万通りのうまくいかない方法を発見しただけだ」

これはかの発明王、トーマス・エジソンの言葉だ。負け惜しみではないとおもう。失敗の経験こそが何かを育むのであり、その育みの場として人は学校にはおさまらない広い教育の仕組みを設けてきたのだろう。

たとえば。

プロ野球の選手になれなかったある球児が、それでもあきらめきれずに独立リーグに入ったが、結局はくすぶりっぱなし。そんななか、ある日、野球にのめり込みはじめた少年の頃の、あの球場の芝生の感触が突然めらめらと甦《よみがえ》ってきた。それでその感触を、後輩たちの体にもきちんと刻みつけてあげたいと、芝植えの職人に転身することにした。希望を「修正」したのである。

この話をしてくれた経済学者の玄田有史《げんだゆうじ》さんは、そのあとこう続けた。独立リーグというのは、「プロ選手をめざして研鑽《けんさん》してきたけれど、結局うまくゆかず、しかしそれでもプロ選手になる夢を棄《す》てきれない人たちに、うまくケリをつけさせてあげる装置」なのだ、と。「ケリをつけさせてあげる」というのはうまい表現だ。たしかに広い意味での教育には、希望を編みなおす機会がたくみに嵌《は》め込まれている。

介護士養成の現場なんかでも、無理を一人で溜《た》め込まずに、「わたしではあかんみたいですわ」とスタッフに言える空気が大事だとおもう。あるいは一対一の対応に自信がないときに、「十分ほどしたら一回、ケータイ入れてね」と同僚に気軽に頼める空気。潰れるまで追い込まれることなく、失敗しても気を取りなおして別の途をさぐってゆける、そんな空気である。

いまわたしたちおとなは若者たちに、本人が納得するまで失敗させてあげる、そんな機会をちゃんと用意できているだろうか。失敗を許してもらえない学校、失敗を極端なまでに怖れる役所、失敗ということを想定せずに組み立てられてきた事業……。そんななかで人びとは、責任の追及と責任の回避にばかり頭を使っている。

いじめの相似形

なぜ、だれかをそこまで追いつめないことには一日たりともやりすごせないのだろうか、とおもう。だれかを死へと追いやっても「いじめてなんかいないよ」と嘯《うそぶ》ける、そんな感覚喪失とはいったい何か。

一九九〇年代、女子高校生の「援助交際」なるふるまいがメディアの拡大眼鏡をとおしてさかんに報道されたなかに、匿名《とくめい》の高校生のものとしてこんな発言があった。

「わたしの体だから、それをどうこうしようとわたしの勝手でしょ。べつにだれかに迷惑かけているわけじゃなし」

とっさに、ああこの論理、おとなの世界の丸写しだ、とおもった。わたしのお金だから何に使おうと勝手でしょ、わたしの子どもだからどう育てようと文句を言われる筋合いはない……。「わたしのもの」、つまり何かを所有しているとは、それを意のままにできることだという、おとなの社会のロジックである。彼女はそれをきっちりトレースしていた。

このたび大津市の中学校で起きた「いじめ」事件でも、教育委員や校長をセンセーショナルに責め立てるメディアやネットとそれに同調するおとなたちの、その糾弾《きゅうだん》の構図に、子どもたちによる「いじめ」の構図はぴたりと重なる。たとえば、キャスターとコメンテーターが一体となって「いじめ」を隠蔽《いんぺい》しようとした教育委員会や学校を糾弾するニュースショーと、テレビのこちら側でキャスターたちの口ぶりに無言でうなずく視聴者たち。あるいは、TVのバラエティ番組で、子分や後輩をあざ笑い、頭を撲《なぐ》ったり足蹴《あしげ》にしたり、藝以下の悪ふざけをくりかえすお笑い芸人と、それをげらげら笑って見ているまわりの者と、さらにそんな番組を楽しむ視聴者たち。「いじめ」の首謀者たちとそれを見て見ぬふりしてきた級友たちとは、これらのおとな社会の見なれた光景を忠実にトレースしただけではないのか。だれかを「われわれ」にはなじまない存在として排除することで「われわれ」の結束を固めるという、社会のあの力学を。

わたしたちの社会は、履歴書の記載事項に象徴されるように、人の価値を「何ができるか」「何をやってきたか」で測る。いいかえると、いずれの組織も、成員をその能力・業績で評価し、格付けし、生産性が低く採算のとれない部門には縮小もしくは閉鎖を指示し、能力の劣るメンバーには「窓際」か解雇かを迫る。こうした一元的な序列化のなかで、人びとは日々、止むことなく蹴落としへの恐怖におののいている。

そんななか、教育委員も校長も教員団も、じぶんたちの評価が下がり査問の対象となることに怯え、「いじめ」を表沙汰《おもてざた》にしないほうへ走った。やがてそのことが発覚し、メディアやネットでのヒステリックな糾弾にさらされ、さらにそれに視聴者たちが無言で同意した。そんな光景をつぶさに見ながら、「いじめ」の対象になるのはそれなりの理由があったからで、じぶんたちが悪いわけではないと、「いじめ」の首謀者たちは密かに自己正当化する。こうして「いじめ」が再生産されてゆく……。これだけは断じてくりかえしてはならない図だ。

見て見ぬふりをする子どもの罪責感も、こうしたおとなたちのふるまいに接して払拭《ふっしょく》されるのだとしたら、それこそやりきれない。そうしてきた子どもたちもまた、ほんとうは、集合的な無責任に逃げ込んでいるどころか、むしろいじめられる子とおなじく、孤独のなかに追いやられているからだ。級友たちと組めば、いじめる側と対立する集団として「いじめ」のターゲットになる可能性が高いから、だれかと相談して動くということができず、黙認しているじぶんの過誤を、ないこととして意識から逸《そ》らすことしかできないからだ。彼らもまた一人ひとり分断の深い溝のなかにいる。

いやいや、その行為を弁護する気はさらさらないが、いじめた当事者たちでさえもほんとうは追いつめられていたのかもしれない。「あなたは何ができますか」とたがいに値踏みしあうような社会のなかで、じぶんが「いる」に値するものであるかどうかを、ぎりぎりのところで験そうとしたのかもしれない。じぶんもまた捨象されるかもしれないという不安のなかで、ごく身近なところに支配—隷属の関係をでっち上げ、そのことで無視できない存在として自己を捏造《ねつぞう》しようとしたのかもしれない。存在の乏しさのなかで、暴力という、社会が否定している「異常」なものに最後のリアルを賭《か》けたのかもしれない。

もし、そういうかたちで子どもたちの情感の基層が摩耗《まもう》しつつあるとしたら、この時代、わたしたちは彼らをより深く、生存の価値への問いにさらしていることになる。だれからも望まれていない生存ほど苦しいものはないからだ。

なぜ、そしてわたしたちの何が、子どもたちをここまで追いつめたのか。このたびの「いじめ」はそういう問いをおとなたちに突きつけている。

痛みの文化?

〈痛み〉は、人の存在が損なわれつつあるとき、その危機の徴候もしくは信号としてその人自身に感受されるものであろう。人の身体に、あるいは人の心に、なにかただならぬ事態が発生しているとき、人は〈痛み〉に襲われる。〈痛み〉については、それが発生するメカニズムについて、さまざまな分析がなされていることとおもう。神経医学・生理学を中心に。

ここでわたしが考えてみたいのは、〈痛み〉という現象が人にとってもつ意味についてである。

〈痛み〉は、大きく分けて二つのかたちでわたしたちを襲う。ずきずき疼《うず》くというかたちで、そしてぎりぎり刺すというかたちで。いってみれば、「疼き」と「激痛」である。

身体的なものであれ心的なものであれ、過去に受けた深い傷や痛手は、いつまでも消え去ってくれない。傷や痛手は過去のある時に受けたものであっても、なかなか過去になってくれない。それは、いくら時間を経ても、ふとしたはずみに首をもたげ、よみがえってくる。たとえば何かの情景を眼にしたとき、あるメロディにふれたとき、あるいはちょっとした湿度や気圧の変化をきっかけに。それはいつまでも過去のものとなってくれず、現在を蝕《むしば》む影として、いつもいまここに居すわっている。いってみればそれは、過去になってくれない過去、人がいつまでも引きずる過去である。そして、そういう「疼き」と向き合うなかで、〈わたし〉というものが形成される。

これに対して、「激痛」は、そもそもそういう向き合いそのものを不可能にする。「激痛」は、人を時間の一点、空間の一点に閉じ込めるからである。痛む人の意識はその痛みの瞬間に貼りつけられて、そこから離脱することができない。痛むこの「いま」からその先へ、あるいは前へと想いを漂わせることができない。いいかえると、烈《はげ》しい痛みのなかで、人は過去の想い出に浸ることはできないし、遠い未来に、いや近い未来にさえ、想いをはせることができない。時が、いってみれば「庭」を失って、「点」になる。苦痛のなかで、人は「いま」に閉じ込められるのだ。

「激痛」はおなじように、人を「ここ」へと閉じ込めもする。身体が、痛むその一点へと内向して、もはやまわりの世界へとのびやかに開かれない。他人の言葉を懐深く迎え入れたり、他人の心境に遠く想いをはせる余裕もなくなる。

「激痛」の緩和ということが人に必要なのも、危機の徴候であるはずの〈痛み〉が高じて、こんどは人の存在そのものを崩壊させかねないところまで来ているからだ、とさしあたっては言える。が、さらにこれがなぜかというと、わたしは、「激痛」が人を「いま」「ここ」という一点に閉じ込めるという点にあるようにおもう。「いま」と「ここ」に人が貼りつけられる、閉じ込められるというのは、たとえば過ぎし日の想い出に浸ること、過去のじぶんの行為を悔いることすらできなくなるということである。あるいは、将来の夢を見ること、何かの希望を抱くこと、何かに祈ることが不可能になるということである。つまり、何かをおもうという、人としてのいちばん基本的ないとなみが不可能になるということである。それは、人としての《尊厳》が、あるいはその前提条件となるものが、決定的に侵されるということである。

激痛が人を襲うとき、「苦痛があらゆる場所を占め、人はもはや〈わたし〉ではなくなる。存在するのは苦痛のみである」。そうフランスの精神科医、D・アンジューは書いている。人は激痛のなかで〈痛み〉そのものになってしまい、じぶんというもの、世界というものに距離がとれなくなる。人の存在がうんと奥まり、縮こまって、個人が人として孤立してしまう。だれも代わりに痛んでくれるわけはなく、人はただひたすらそれを独りで耐えぬくしかない。

だからこそ、西洋の古人はシンパシーというものを道徳や社会感情の基本として重く見たとおもわれる。シンパシーの原意は「苦しみ（パトス）をともにする」ということである。苦しみというものはその人が感じ、耐えるしかないもので、他のだれにも代わってもらえないものであるからこそ、想像力を強く喚起しないとそれに届かないものだ。そういえば、味もまた、目の前にひろがる光景や、あたりを包む音、あたりに漂う香りとかと違って他人と共有しにくいもので、毎日おなじような献立であってもつくる人は食べる人にそのたび「おいしい?」と尋ねる。つい、いま他人がどう感じているかを訊きたくなるのだ。だからだろう、人類は一緒に食事をする習慣というのを大切にしてきた。他人に想いをはせる訓練として。

〈痛み〉は人を決定的に孤立させるものであるということ、その意味で、〈痛み〉は酷《むご》いものである。痛さそのものによって、ではない。それが人を孤立させるからだ。痛みについて語るとき、この点だけはよくよく心にとめておかねばならないようにおもう。

＊

苦痛という人間の業に対して、人びとは「見舞い」という文化をかたちづくってきた。子どものころを思いだしても、病の床に臥《ふ》せるときというのはじつは嬉《うれ》しいときでもあった。親が急にやさしくなる。甘えさせてくれる。おとなになっても基本はおなじ。ふだんはなかなか逢えない友人たちが、親戚の者が、好物をもってかけつけてくれる。ちょいと顔を見たくなったと、ぶらり寄ってくれる。正岡子規《しき》の『病牀《びょうしょう》六尺《ろくしゃく》』などを読んでいると、見舞客と彼がもってきてくれる食べ物の話が、克明すぎるほどに延々と続く。まるで病床がサロンになっているかのようである。痛みは独りで耐えるしかない、代わりに痛むわけにはいかないけれど、顔を見せることはできる、そばでじっと見守ること、あるいは気をしばし散じさせることはできる。そういうかたちで痛む人を微力ながらも支える「痛みの文化」というものがあったことは憶えておいてよい。痛む人を孤立させないという智恵がはたらいたのだ。

逆に、「見棄て」という哀れみの表わし方も、人たるもののぎりぎりの姿としてあった。捨て子を「哀れなものよのう」と見棄てる、小説のなかの素浪人のように。中途半端に哀れみをかけつつ去ることでもう一つ苦しみを上乗せするよりも、胸を締めつけながらも見棄てるという文化である。姥捨《おばす》ての習俗もその一つであったろう。ここで人は痛みの孤立の意味を嚙《か》みしめたことだろう。

あるいはここで、松尾芭蕉《まつおばしょう》の『野ざらし紀行』のなかの次のようなくだりを思い出してもよい。

富士川のほとりを行くに、三つ許《ばかり》なる捨子の哀れげに泣有。この川の早瀬にかけて、うき世の波をしのぐにたえず、露計《つゆばかり》の命待まと捨置けむ、小萩がもとの秋の風、こよひちるらん、あすやしほれんと、袂《たもと》より喰物《くいもの》なげてとをるに、

猿を聞人捨子に秋の風いかに

いかにぞや汝、ちちに悪《にく》まれたるか、母にうとまれたるか。ちちは汝を悪《にくむ》にあらじ、母

は汝をうとむにあらじ。唯これ天にして、汝が性《さが》のつたなき（を）なけ。

ちなみに、「猿を聞人捨子に秋の風いかに」の句に、『芭蕉の世界』（井本農一《いもとのういち》編）は次のような解釈をほどこしている。

「猿の声は、昔から悲しいものとして、聞く人に断腸の思いをさせるということが、詩歌に詠まれているが、その猿の声を聞いて、涙を流す人たちよ。その声は、まことに悲しいものであろうが、この蕭殺《しょうさつ》たる秋風のなかで泣く捨子の声をくらべて、いずれが悲しいのか。さだめし、猿の泣き声を聞くよりも、いちだんと断腸の思いに追いこまれることであろう、という意。『いかに』には、『猿を聞く人』（観念的な堂上《とうしょう》文人）に対するはげしい訴えがある。」

他人の「痛み」を口にするときにいちばん必要なのは、痛む他者への想像力なのではないだろうか。そういう想像力をもって人は「痛みを超える」と言っているのかどうか。それを、痛みのさなかにある人はいつも他人の表情のなかに確認しようとする。リストラのほんとうの苦しみは、職を辞すことで他人とのいくつかの関係を失うところにあると言えるだろう。いままで声をかけてくれた人、おりにふれて訪ねてきてくれた人、誘ってくれた人たちの足が、ぱたりと止むことの言いようのない寂しさ。いま「痛みを恐れず」と言うのなら、そういう痛みにまで想像力をはせないと嘘《うそ》である。見捨てる側に、胸が締めつけられるような想いがなければ嘘である。

痛む者にはさらに、代わりに痛んでくれる「犠牲者」という想いも向けられてきた。だれかの幸福はだれかの不幸で贖《あがな》われているという想いであり、人間の限界、社会の限界、時代の限界のなかでだれかに不可避的に強いられる激痛、それに召喚された人がここにいるという想いである。限界の徴《しるし》となる人、いわば時代に殉《じゅん》じた人である。

こういう「痛みの文化」が、かつてはあった。それがいま、わたしたちの社会ではとても成り立ちにくくなっているようにおもう。

痛みの光景は現在もそこかしこにある。末期患者を拷問のように襲う激痛と緩和医療。「痛い」と感じないのではないかとおもわれるくらいに残虐な、あるいは「軽い」犯罪。トラウマと癒しの症候群。リスト・カッティングなどにみられる、若年層の自傷への衝迫。「痛みの文化」を欠いているがゆえの、切迫した、さまざまの「痛みの現象」がある。

一方に、心の疼きから逃れるためにこそ手首をナイフで切る人、みずからの肌にピンを刺す人、他人にロープで縛《しば》ってもらおうとする人たちがいる。もっと厳しい痛みの「責め」のなかで、現在の痛みをとにかく忘れたいと願う人びと。

他方には、「癒されたい」「癒してほしい」と、ヒーリング・グッズを求め、他人の束の間の「癒し」の言葉をもとめる人びと。ここでは、「痛みの文化」がまるで足裏にマッサージを受けるように簡便なものとしてイメージされている。ここには、すぐに傷つき、すぐに癒える、そんな「軽い」痛みしかない。疼きにもだえ、やがてかろうじてかさぶたができ、傷がふさぐまでじっと待つという、堪《こら》え性がない。

「痛みを分かちあう」というのは、正しい言葉である。シンパシーの語源そのものである。が、そのとき大切なのは、痛む人がどのように孤立せざるをえなくさせられているのか、そして彼、または彼女を孤立させないためにはどのようにしたらいいかを、きちんと見つめ、考えることであろう。

痛みというのは、だれも代わりに痛むことができないという意味ではプライヴェート（私秘的）なものである。そしてプライヴェートとはプリヴァティヴ（何かが奪われている、欠如している）ということでもある。米国に亡命したドイツの社会哲学者、H・アーレントは、大衆社会化状況が顕在化した一九五〇年代に、それを「他人によって見られ聞かれることから生じるリアリティを奪われていること」と規定した。そして、「大衆社会では、孤独はもっとも極端で、もっとも反人間的な形式をとっている」、と。そういうローンリネス（孤独）の大衆現象が、いま、「痛み」の孤立というかたちで、わたしたちの社会に再浮上してきているような気がする。

7

東日本大震災後 2011-12

はるか西の地から

おなじ四十六分にそれは起こった。東日本大震災と阪神・淡路大震災、午後の二時四十六分と未明の五時四十六分。関西人の多くはまだこの時刻を忘れておらず、この偶然の符合に戦慄《せんりつ》した。あの冬の未明の出来事以来、わたしも深夜に電気を消すのが怖《こわ》く、寝るときはいまも蛍光灯をつけたままにしている。

電源を落とした避難所、あるいは孤立した民家で異様なほどに静かな漆黒の夜を迎えておられる人たち、暗闇のなかで「命がけ」の冷却活動にあたっておられる作業員たち、自身も被災しながら夜を徹して救援活動や医療活動にあたっておられる方々、その人たちの心持ちを思うと、いまこの照明のある場所にいることが申し訳なくなる。

いま遠くにいるこのわたしたちのなしうることは限られている。物資や義捐金《ぎえんきん》を送ること、移送の道を、避難の道を塞《ふさ》がないこと。買いだめせずに、いつもより消費を控えることでできるだけ多くの物資が被災地に回るよう心がけること。復興には相当に長い時間がかかる。被災者の受け容《い》れから現地での支援活動まで、遠くにいるわたしたちにもできることがいずれ見えてくる。いまはまずその準備にあたること。

被災地にあっても、被災地から遠く離れていても、「生き残った」という思いに浸されている人は多いだろう。「生き延びた」ではなく「生き残った」という感覚には、どこか被害がなかった、あるいは少なかったことへの申し訳のなさが、あるいは罪悪感のようなものがつきまとう。

しかし思いは、立っている場所でずいぶん異なる。控えめの生活をすることが、被災せずにすんだ者にできる最低限のことと考えることもできれば、よそでは普段どおりの生活をしているということが復興に向けての希望になることもあるだろうと思念することもできる。被災地でも、上空を旋回する報道のヘリコプターの轟音《ごうおん》に、救出を求める人の声が聞こえないと憤る人もいれば、だれかが見守ってくれていると感じる人もいるだろう。

「ライフラインが止まる。それは原始生活以下になる、ということです」と言った人がいる。原始生活なら身のまわりに利用できる水や大地があるが、電気、ガス、水道から情報まで社会システムに大きく依存する現代生活において、甚大な災害はまさに人を文明以前の原始生活よりももっと苛酷《かこく》な状況へと追いつめる。

このとき、ひとは気持ちが粗くなるよりもはるかに繊細になる。たとえば避難所では、他人がいてくれるだけで安心できることもあれば、人と人のあいだにクッションがないことで心がささくれだってくることもある。身の置き所がほとんどなく始終他人の気配を感じているなかで、他人のなにげない一言にひどく傷ついたり、他人のちょっとしたふるまいをきつく罵《ののし》ったり。そうしたことが一人ひとりをいっそうひどく傷つける。そのことが身に沁《し》みているから、言葉を発するほうも過剰なほどに気遣わざるをえない。

いまはその余裕もないが、それらすべてを呑み込みつつ、いずれ被災者の方々もわたしたちも、河瀬《かわせ》直美《なおみ》監督の映画『沙羅《しゃら》双樹《そうじゅ》』のなかで登場人物がつぶやいた言葉を借りていえば、「忘れてええことと、忘れたらあかんことと、ほいから忘れなあかんこと」とを整理する時を迎えることになるだろう。

心のカバー、心のクッション

津波に住まいを流された人、自宅にすぐに戻れない人、近く疎開や移住をするつもりの人、いずれ仮設住宅へ移るよりほかない人……。このたび震災の被害にあった人たちの多くが、三月にしては冷え込みの厳しいなか、暖房の効かない体育館で避難生活を続けている。

住みなれた空間がまったく別のものに取って代わるということは、人にとって手足をもぎとられるに等しい。あたりに溶け出ていた体の所作が、一気に体表の内側に封印される。ふるまい、つまりは身のこなし方、さばき方をすべて意識してやらねばならず、体が勝手に動くということがほとんどない。緊張がほどけるという瞬間がない。通学する児童の戯れ声、電車の到着を知らせる音、漁船のエンジンを焚《た》く音など、いつもの音のざわめきがない、そういう異様な静けさまでがストレスになる。そう、二十四時間、眠っているときすら心身はゆるむことがない。何かがちょこっと体に触れるだけで、身は縮み上がり、凍《い》てついてしまう。こんな緊張の連続にひとは耐えうるものではない。避難所での生活はごく短い期間の緊急措置でしかあってはならないものだ。

心の糸もまた千切れそうになっているにちがいない。それなくしてじぶんの生活などありえないようなものを喪《うしな》いその場にうずくまる人、これから背負うものの大きさに押しつぶされそうになっている人。うちひしがれたそんな心を整えなおすのにいったいどれほどの時間が必要か。そもそも何から始めたらいいのか。考えると茫然《ぼうぜん》となる、というか、考えるということすら能《あた》わぬ状況がいまも続いていることだろう。

戦地にも日常は訪れる、という文章を読んだ記憶があるが、それはみずからの内に籠《こ》もる空間、あるいは時間があってこその話である。くっつけられた唇、嚙《か》みしめられた歯、閉じられた瞼《まぶた》、握りしめた拳、合わされた掌、重ねられた腿《もも》、収縮する括約筋……そういう折り畳まれた皮膚、つまりは肉体がそれ自身に触れるところに〈魂〉が生まれると書いたミシェル・セールの言葉のほうに、わたしはむしろうなずく。身を丸める、身を閉ざす、そういう

〈内〉を確保できなければ、人の存在は支点を失って、ばらけてしまう。トイレ、寝床の問題をはじめ、避難所での生活の酷薄さも、じつはそこにあるようにおもう。

他人の気配をじかに肌で感じるような距離に長時間いると、絶えざる緊張に心の皮膚がすりむけてくる。そういう擦《す》り傷をたがいにこすりつけあっているうちにかならず「事件」が起きる。細々としたことでの他人との摩擦が積み重なってゆくなかで、人の言葉が神経にさわり、ぎすぎすした空気が立ちこめ、やがて罵りあいや奪いあい、悲鳴や怒号が、間歇泉《かんけつせん》のように噴きだす。一向に止む気配のない他人の鼾《いびき》、赤ん坊のぐずる声にもいらいらを抑えきれない。その一方で、他人のなにげない一言、小さな思いやりが身に沁み、やがて慟哭《どうこく》として噴きだすこともあるだろう。いずれにせよ、他者との接触に人の心は途方もなく感じやすく、傷つきやすくなって、ぶれは極大になる。

たえず剝《む》きだしのままでいるというのは、人には耐え難いことである。だからこそ、人の心にはカバーとクッションが要る。それは一人きりになれる場所の確保であったり、他人の挙措《きょそ》に関心をもたないでいられる時間の確保であったり、挨拶《あいさつ》などのおきまりの言葉を交わす習慣であったり、立ち居振る舞いの作法であったりする。言いたいことを言いあえる家族というのもクッションの一つだ。

他人と二十四時間いっしょにいることは、人には不可能なことである。そういう異常事態をできるだけ短縮すること。ライフラインの復旧にあっては、物資の補給と同時に、そういうことがらが真っ先に考えられねばならない。

災害時にむきだしになること

大きな災害のときにむきだしになるのは、いうまでもなく自然の脅威を前にしての人間の無力である。三月の津波は、いかなる文明の装置もわけなくなぎ倒すほどの甚大さであった。しかし、災害時にむきだしになるのは、そういう人間の自然的な弱さだけではない。人びとが人為によって無力にされてきたという事実もまた、くっきりと浮き彫りになる。たとえばあの日の東京。停電で交通が麻痺《まひ》し、多くの人が帰宅できなくなった。その後多くの生活物資が欠乏し、さらに放射能汚染で水道水が飲めなくなった。停電と放射能被害。いずれも典型的な人災である。

十六年前の阪神・淡路大震災のとき、西宮市で激震に見舞われた友人が、自宅近くを流れる河を見ながら、ため息混じりに言っていた。「目の前にこんなに水がたっぷりあるのに、水道が止まるとペットボトルがヘリコプターで運ばれてくるのを待つしかないんだよね」。

都市生活はもろい基盤のうえに成り立っている。ライフラインが止まれば、人は原始生活どころかそれ以下に突き落とされる。自然が残る土地であれば、渓流の水が飲める。土や石ころや枝葉で雨露をしのぐ工夫ができる。が、都市の河水は汚くて飲めない。アスファルトに覆われた路上には、土も石ころもない。なすすべもなく、ライフラインの復旧をただただ待つしかないのだ。

考えてみれば、いのちをつなぐためにどうしてもしなければならないこと、たとえば出産、調理、排泄物《はいせつぶつ》処理、子育て、看護、介護、看取《みと》り、埋葬、教育、防災、もめごと解決、これらすべてを、かつての社会では家族と地域が受け持っていた。人びとはみなで協力して事にあたった。しかしやがて社会の近代化とともに、そうしたいのちの世話の大部分を、行政ないしは民間のサーヴィス・システムに委託するようになる。国が養成した専門職（医師・看護師、調理師、教師、警官・消防士、弁護士）にそれらを任せることで、人びとは寿命を伸ばし、安心で安全な生活を享受できるようになった。

が、それとともに人びとは、それらを自力でおこなう能力を失っていった。そうした能力喪失を、災害時には思い知らされる。思い知らされても、そういうサーヴィスの「顧客」として、クレームをつけることしかできない。システムに依存しすぎてきたつけが、災害時に回ってくるのである。高度なアメニティ（快適さ）を得たことの代償はかくも大きい。

あの夜、人びとは何時間もかけて帰った。帰れなかった人も多くいた。けれども、とおもう。昼休みに食事をとるために家に帰れないほど隔たった場所で働くというのが、そもそも異様なのではないか。また、帰るべき郊外の集合住宅地に、働く人の姿はほとんどなく、食事や買い物や教育や遊興などのサーヴィスを消費する人ばかりだということ。働く大人のあいだを子どもが走り回り、子どもは大人の働く姿を横目で見、といったことが起こりえない街になっていること。このこともまたひどく歪《いびつ》なことではないのか。

このたびの震災は、「千年に一度」の大災害だといわれる。けれども、わたしたちは戦後六十数年のあいだにも、安心で便利で快適な生活を公共的なシステムにぶら下がることによって得たその代償として、いのちの世話をしあう文化、そしてそれを支える一個人としての基礎能力を、ひたすら削ぎ落としてきたのではないか。

「われわれは絶壁が見えないようにするために、何か目をさえぎるものを前方においたあと、安心して絶壁のほうへ走っている」

十七世紀フランスの思想家、パスカルが同朋に向けて述べた言葉である。

「いぬ」ということ

犬の話ではない。

「いぬ」という動詞がある。「往ぬ」あるいは「去ぬ」と書く。「行ってしまう」とか「去る」という意味である。ひいては「死ぬ」ということにつながる。「ゆく」が、「行く」「往く」からさらに、「逝く」を意味するのとおなじである。

「いぬ」というのは、英語の文法でいう自動詞である。自動詞にはほんらい受け身の形はない。ところが日本語には、その受け身があるのである。「去られる」とか「逃げられる」「泣かれる」とか「居すわられる」というのがそうである。なんだか、連れあいに棄《す》てられて、あるいは逆に居なおられて、愚痴《ぐち》をくどくど言っている、そんな場面をつい想像してしまう。

日本人は、人と人の関係が具合わるいことになっている、そんな状況に敏感だ。他人の行為がわたしに向けられているという受動形のみならず、直接なんの働きかけも受けていないときでも、そのことの具合のわるさを感じて受動形をもちいる。端的な例は、「死ぬ」とか「いる」。「あいつに死なれた」という痛恨の思い、「そばにいられて困った」という迷惑の感。他人がとりかえしのつかないことをしてくれたという思いが、まさに受動形で語りだされるのである。

「いなれる」という語も、関西では、「死なれる」という意味でいまも使う。この語には、大事な人を喪った、わたしが独りとり残された、という思いが貼りついている。

このたびの地震は午後二時四十六分に起こった。奇しくも阪神・淡路の大地震もおなじ四十六分。ただしこちらは未明のことだったから、ほとんどの家族は一つ屋根の下にいた。が、このたびは児童は学校にいた。だから、多くが助かった。が、成人の死者・行方不明者の数は、神戸をはるかにしのぐ。ということは、「孤児」となった子が怖ろしい数にのぼるということだ。親に「いなれた」子の心持ちを思うとあまりに痛ましい。

大人のばあい、あの人が逝ってわたしが生き残ったが、その逆もありえたはずだという思いをどうにも断ち切れないだろう。わたしがここにいまいるのは、偶々《たまたま》のことにすぎないという思い。わたしがまだ生の側にいるのはわたしのせいではなくて他人が代わりに死んでくれたから。だから、わたしの生はわたしだけのものではない。だから、残ったわたしの生は他人に捧げられるべきものである……。そのような感覚のなかから、供養や奉仕への心持ちも生まれてくるのだろう。

ちなみに「いぬ」は、その場を辞去する、つまり家に帰るという意味にもなる。あっちに行くことは結局はこっちへ帰ることだということであろうか。不気味なものとはじつはかつてもっとも親しんだものであるというフロイトの説からすれば、死ぬとはおのれに帰ることだということになる。さすれば、ここにいるこの〈わたし〉は、じつはおのれの蜃気楼《しんきろう》のようなものだということになる。

わたしたちの「迂闊」

海外からの客人にお土産として贈るつもりの茶筒。蓋《ふた》をかぶせれば妖《あや》しいほどにゆっくりと下りてゆき、やがて静かに、一分の隙間《すきま》もなくぴたりと筒を封印する。見事すぎて言葉もなく、それをひたすらくりかえす……。

この伝統の技ときっとどこか通じているのだろうが、金属パイプの精巧さ、橋梁《きょうりょう》のつなぎ部分の緻密《ちみつ》さにおいても、日本の技術は世界でも抜きんでているのだそうだ。

人の技術とはたいしたものである。わたしと同世代の人の多くがそうであろうが、子どものころ、舶来物として憧《あこが》れたのは、スイスの時計とアーミーナイフ、それにゾーリンゲンの鋏《はさみ》だった。

そのスイスで生まれ、ドイツの大学に勤めていたある哲学者が、一九八〇年代、はじめて東京を歩きまわったあとわたしに述べたのは、こんな一言だった。「日本人はテクノロジーで遊んでる」。パチンコ店やゲームセンターに群がる人たち、電気店の入り口で「天上」から降りそそぐ女声の機械音にふれて、そう思ったらしい。

テクノロジーをアートにまで高める、テクノロジーをエンタテインメントに溶かし込む。そんなことができるのは日本人だけだと感嘆していた。

そんなほめ方に悪い気がしなくて、「ふふ」と笑みを返したが、いまならもうそのような笑みを返すことはできない。このたびの福島での事故は、日本人の、そして日本の技術者の「迂闊《うかつ》」をあらわにしてしまったからだ。

どんな技術も、人間が制作したものであるかぎり壊すことができる。どんな装置も、不都合があれば取り払うことができる。あたりまえのようにそうおもってきたのだが、壊すこと、取り払うことのできない装置があることを、このたびの事故で思い知った。その代償はあまりにも重かった。

ほんとうはすでに知っていたはずだったのだ。チェルノブイリでの爆発のとき、東海村での臨界事故のとき。いまは亡き高木仁三郎《じんざぶろう》らによる再三の警告、不屈の警告にもふれていたが、焦らなかった。それらをきちんと受けとめず、それらにしかと耳を貸すこともなく、「豊かな」電力供給に浴してきたわたしたち……。

見えているのにだれも見ていないことがあること、そのことを有無を言わせず見せつけたのが、今回の事故だった。

わたしは今日まで、偉そうにこんなことを言いつづけてきた。絶対手放してはならないもの、見失ってはならないものと、あってもいいけどなくてもいいものと、端的になくていいものと、そして絶対あってはならないもの、この四つを、おおざっぱにであれ、つねに仕分ける用意があるというのが「教養がある」ということだ、と。これはしかし、まずはおのれに向けて言うべきことだった。

語りなおすその日のために

東日本で地震が起こったのが午後二時四十六分、この昼下がりの時間、多くの家族は、職場や海、自宅や学校とばらばらの場所にいた。児童の多くは高台のコンクリートの校舎にいて助かった。けれども死者・行方不明者の数は、神戸・淡路の五倍近くにのぼる。ということは、このたびの被災で親や家族を失った子どもが数多くいるということだ。現時点では未だその数は知らされていないが、この子どもたちのこれからには、厚い支え、細やかな気遣いというものがまわりのおとなたちに求められることだろう。

とっさに四十六分という時の符合におののいたくらい、関西人にとっては十六年前のあの揺れの感覚と、あの倒壊と焼け跡の光景は、いまも体にこびりついている。体がまだ憶えているから、体の奥底からこみ上げてくる感情も傷つきやすいままになっている。このたびの連日の震災報道で、あのときの記憶がフラッシュバックのようによみがえり、固まっている人も少なくないと聞いた。わたしはといえば妙に涙もろくなり、テレビを見ていて画面がぼやけてくることがたびたびある。

そんなふうに何事にも過敏になっているせいか、被災地の外でも、居ても立ってもいられず、なにかじぶんにできることはないかと考え、けれどいまはまだその時期ではないからとりあえずいまここでできることをしなければ、とじりじりしている人が大勢いる。じっさい、職場でも想像していたよりはるかに多くの義捐金が集まった。

友人の陶芸家は、カップ麺《めん》の容器ばかりで食事をするのは辛かろうと、被災地にどんぶり鉢を焼いて送った。三千個送るのを目標にがんばっている。彼が言うには、滋賀の窯業の地、信楽《しがらき》では、震災後二週間で五千個の茶碗を送り、そのあと炊き出しにまで行ったとのこと。またなじみの美容師さんの話では、仕事道具を失った被災地の美容師さんたちにハサミなど美容道具を同業者で集め送ったそうだ。

ニュース報道で知ったのだが、かつてハリケーン・カテリーナで致命的な水害を被ったニューオリンズの市民たちから、楽器購入の資金が送ってこられ、募金を受けた日本ルイ・アームストロング協会が、それで七百六十個の楽器を購入し、被災地の学校に配ったという。気仙沼《けせんぬま》では生徒たちのジャズバンドがそれらを使って、被災地の人たちの前で演奏した。津波でなくし、久しぶりに手にした楽器の感触に、笑みがこぼれていた。久しく忘れていた、軽やかなリズムに体ごと揺さぶられ、人びとの顔はしばし、風呂上がりのようにほどけているかに見えた。

　感じやすくなっているということは、いいことばかりではない。他人の言葉に過敏に反応し、つい言葉を荒らげてしまうようなことも起こる。ふだん以上に攻撃的になることも。気持ちがささくれだっているのである。

　家族、職場、地域……。じぶんを支えていたもっとも大事なものを失った人たち。彼らはこれまでの人生を「復旧」できずに、それの語りなおしをいずれ余儀なくされる。その語りなおしのプロセスをどう支えるか。これが「支援」のもっとも大きな課題になるだろう。

　阪神・淡路大震災のときには、じぶんの悲惨な体験ですらついおもしろおかしく話してしまう関西人のサーヴィス精神というか「泣き笑い」の語りの伝統が、復興において少なからぬ救いとなった。東北の地には、遠野《とおの》に象徴される厚い民話の伝統がある。宮沢賢治のきらめく物語もある。気仙沼には気仙語訳の聖書もあるという。身に沁むその語りの伝統が、人びとのくらしの復興に力を与えてくれることを願うばかりである。

やわらかく壊れる?

阪神・淡路大震災の後に、詩人の佐々木幹郎《みきろう》さんが『やわらかく、壊れる』という本を世に問うた。

自然の猛威に「もうここまでやったのだからいいだろう、助けてほしい」と叫ぶ「原始人」のような感覚を見いだすとともに、他方で、民の顔に浮かび上がる意外にも柔和な心根と、したたかな知恵とを、詩人らしい嗅覚《きゅうかく》でとり上げている。

壊れない都市はない。だから都市は、被害が最小限になるよう「やわらかく、壊れる」設計がなされねばならない。この、「やわらかく、壊れる」ことを許さないのが戦争だ、とも。

天災は、人であるかぎり、防げない。それだけではない。「文明が進めば進むほど天然の暴威による災害がその劇烈の度を増す」。このことを指摘したのは、「天災と国防」(昭和九年)の寺田《てらだ》寅彦《とらひこ》だ。

彼はいう。

文明よりはるか以前、人びとが洞窟《どうくつ》に住んでいたとき、たいていの地震や暴風は洞窟のなかに潜んでいれば凌《しの》げた。貧相な小屋を造って住むようになっても、倒壊しても吹き飛ばされても、すぐに復旧できた。が、重力に逆らい、風圧水力に抗《あらが》うような施設を造りだすにつれて、人は建物の倒壊や堤防の崩壊で命を危うくするようになり、災害の度は逆に大きくなっていった、と。

同様に、文明化は人びとの連携や結合を強め、緊密にしてゆく。単細胞動物なら組織を切断しても各片が別のかたちで生き延びるが、高等動物は分化がいちじるしく発達しているので、一部の損傷が系全体に致命的なダメージを与えてしまう。文明社会もこれとおなじで、局所での災害がさまざまなかたちで全体に波及しやすい、とも。

天災が起こるということ、そのことに人は抗いえない。だから正しくいえば、「防」災はありえず、むしろ天災が起こったときにその災害をいかに少なくできるかという、「減」災にこそ、人は心を砕かねばならない。

その意味で、わたしはいま、震災後の建築家のふるまいに注目している。高台でのエコタウンの建設や復興都市計画の動きに内心「はしゃいでいる」ように見える建築家ではなく、〈建てる〉ということの原点に立ち返って「設計」ということを考えなおそうとしている建築家たちに、である。

このたびの大震災が建築家たちに迫ったものとは何であったか。それは建築というものの前提をあらためて一から検証しなおすことだと、わたしはおもう。

「耐震補強」という言葉があるように、建築にはなによりも強靭《きょうじん》さや剛性が求められる。不壊ということである。次に、自然の力に流されない、つまり不動ということがある。そして最後に、水や風が入らないよう密封されていること。そこでは、なよなよと崩れること、ふわりと移動すること、さらには隙間や弛《ゆる》みだらけの壁は、想定されていない。そう、「やわらかく、壊れる」というコンセプトは存在しない。

けれども、頑強というのではなくてむしろやわらかく壊れる建築、あるいは「しなやか、軽やか、すかすか」と形容できるような建築は、ほんとうに不可能なのか。

もう一言。建築家には、復旧・復興のプロセスにおいて、プロデューサーやディレクターになってほしくない。建築がそこで住まう人たちの暮らしのためにあるとすれば、すでに避難所等で始まっている生活にコミットし、請われればアドバイスすることから始めてほしい。少なくない建築家が、深い煩悶《はんもん》のなか、避難所では家族間の仕切り、仮設住宅ではみなが集まる広場のデザインから取りかかっているのは、救いである。

あれから三か月

〈隔たり〉ということを、いまもって強く意識させられたままだ。被災した地域の人びとと被災しなかったわたしたちとのあいだの〈隔たり〉。

地震が起こった直後、被災地から遠く離れたわたしたちは、まずはテレビの伝える映像に息を呑むばかりであった。映像に釘づけになる日を幾日か過ごし、十六年前関西で被災した者として、すぐに何ができるだろうかとおもった。義捐金を送ること、被災地に食料や物資がしっかり回るようとりあえず消費を控えるということ……。

被災地に声を届けなければとおもっても、どんな言葉にもまとまらなかった。外からの声は、ときに暴言になる。そのことをいやというほど知っていたからである。神戸のとき、報道陣のヘリコプターに、建物の下敷きになっている人の声が聞こえないと憤った人もいたが、だれかがずっと見守ってくれていると感じる人もいた。おなじ一つの出来事が、被災のありようによって正にも負にもなった。そのことが身に沁みていた。だからこのたびも、みな言葉づかいに慎重になり、口数もつい減った。

一方、仙台市街に住む友人によれば、地震後しばらく、倒壊はまぬがれたものの引き続く強い余震に、深夜独りで部屋にいるのが怖くて、みなぞろぞろ街路に出てきたらしい。うずくまっている人がいれば、だれかれなく「大丈夫ですか」と声をかけあった。背負ってきたもの、抱え込んできたものがみなチャラになったかのような負の解放性、それを友人は「まちが突然、開いた」と表現した。

が、日を追うにつれて、この対比は逆転してゆく。

長く住みなれた家では身体はまわりの空間に溶けでているが、避難所では身体は皮膚の内側に閉じこもる。他人の気配に緊張は解けず、何かがちょこっと身体にふれるだけで、身は竦《すく》み、凍てついてしまう。皮膚はずるむけのそれのように傷つきやすく、それにつれて気持ちもささくれだってくる。だからつい「事件」も起こる。罵りあいや怒号、そして慟哭が、あちこちで噴きだす。身をほどく空間もなく、たがいに擦り傷をこすりつけあうばかりのそうした生活は、耐えうるものではない。

当初、身を襲っているものの姿さえとらえられず、茫然とするばかりだった被災者の心根に、やがてじわりじわり、喪ったものの大きさが沁みてくる。家族や友人、あるいは家、あるいは職という、これまでみずからの生存の根であったものを失い、どうじぶんを立てなおすべきか途方に暮れるうち、だんだん言葉少なになってゆく。じぶんだけが生き残ったことに責めを感じ、押し黙ってしまう人もいよう。からだは忘れたがっているのに、頭のほうは忘れてはいけないと言う、そんな二つの声に引き裂かれている人もいよう。

やっと水道が通ったばかりの地域もあれば、普段どおりの生活に戻った地域もある。「元」に戻ることを断念した人たちもいる。そんな彼らにとって、一人一人の記憶が深く刻まれた柱や瓦、日用品の数々がひとまとめに「がれき」と呼ばれるのは、耐えがたいことだろう。そして、一人、また一人と避難所を去ってゆくなかで、取り残されたという感覚に押しつぶされ、崩れてゆく人も、悲しいけれどきっと出てくるだろう。〈隔たり〉は被災地でもさまざまなかたちで増幅するばかりだ。

逆に、被災地から離れたところからは、妙にはしゃいだ声が聞こえはじめている。「エコタウン」をはじめとする東北の復興構想を、メニュー片手に得々と語る人たち。いつじぶんの出番が来るかと固唾を呑んで待っている都市プランナーたち。政府の失政を声高に論評する人たち。あるいは、「がんばろう」「お見舞い申し上げます」という、もはや惰性と化した物言い。ここにひとは、被災した人たち一人ひとりに届けられることのない「空語」をしかみないであろう。そして、被災地の救済そっちのけでなされた、首相退陣をめぐる永田町内の泥仕合。

被災した人、被災しなかった人の〈隔たり〉はここに極まれりと、あきれるというよりはむしろ絶望的な思いでそれを受けとめた人も、もちろん数多くいる。見苦しいというよりも酷薄な国会の混乱を前にして、言葉を荒らげることなく、静かに深く「憂国の情」を抱く人もいる。

いずれにせよ、〈隔たり〉はなくなるどころか、いっそう大きくなるばかりだ。被災地のなかでも、被災地とその外とのあいだでも。

被災地ではいま、多くの人が〈語りなおし〉を迫られている。じぶんという存在、じぶんたちという存在の、語りなおしである。

アイデンティティ（じぶんがだれであるかの根拠となるもの）とは「じぶんがじぶん自身に語って聞かせる物語」だと言った人がいる。R・D・レインという精神分析医だ。じぶんはだれの子か？　じぶんは男女いずれの性に属しているか？　じぶんは何をするためにここにいるのか？　こういう問いが、人それぞれのアイデンティティの核にある。これらの一つでも答えが不明になったとき、わたしたちの存在は大きく揺らいでしまう。

子に先立たれた人、回復不能な重い病に冒された人、事業に失敗した人、職を失った人……。かれらがそうした理不尽な事実、納得しがたい事実をまぎれもないこととして受け容れるためには、じぶんをこれまで編んできた物語を別なかたちで語りなおさなければならない。人生においては、そういう語りなおしが幾度も強いられる。そこでは過去の記憶ですら、語りなおされざるをえない。その意味で、これまでのわたしから別のわたしへの移行は、文字どおり命懸けである。このたびの震災で、親や子をなくし、家や職を失った人びとは、こうした語りのゼロ地点に、否応もなく差し戻された。

こうした語りなおしのプロセスは、もちろん人それぞれに異なっている。そしてその物語は、その人みずからが語りきらなければならない。戦後六十数年経っても、戦争で受けた傷、大切なだれかに死なれた事実をまだ受け容れられていない人がいるように、語りなおしのプロセスは、とてつもなく長いものになるかもしれない。

語りなおしは苦しいプロセスである。そもそも人はほんとうに苦しいときは押し黙る。記憶を反芻《はんすう》することで、傷にさらに塩をまぶすようなことはしたくないからだ。あの人が逝ってじぶんが生き残ったのはなぜか、そういう問いにはたぶん答えがないと知っているから、つい問いを抑え込んでしまう。だれかの前でようやっと口を開いても、体験していない人に言ってもわかるはずがないと口ごもってしまうし、こんな言葉でちゃんと伝わっているのだろうかと、一語一語、感触を確かめながらしか話せないから、語りは往々にして途切れがちになる……。

語りなおすというのは、じぶんの苦しみへの関係を変えようとすることだ。だから当事者みずからが語りきらねばならない。が、これはひどく苦しい過程なので、できればよき聞き役が要る。マラソンの伴走者のような。

けれども、語りなおしは沈黙をはさんで訥々《とつとつ》としかなされないために、聴く者はひたすら待つということに耐えられず、つい言葉を迎えにゆく。「あなたが言いたいのはこういうことじゃないの?」と。言葉を呑み込みかけているときに、すらすらとした言葉を向けられれば、だれしもそれに飛びついてしまう。他人がかわりに編むその物語が一条の光のように感じられてそれに乗る。じぶんでとぎれとぎれに言葉を紡ぎだす苦しい時をまたぎ越して。こうして、みずから語りきるはずのそのプロセスが横取りされてしまう。言葉がこぼれ落ちるのを待ち、しかと受け取るはずの者の、その前のめりの聴き方が、やっと出かけた言葉を逸《そ》らせてしまうのだ。聴くというのは、思うほどたやすいことではない。

いや、そもそもわたしたちはほんとうにしんどいときには、他人に言葉を預けないものだ。だからいきなり「さあ、聴かせてください」と言う人には口を開かない。黙り込んでいた子どもが、母親が炊事にとりかかると逆にぶつくさ語りはじめるように、言葉を待たずにただ横にいるだけの人の前でこそ人は口を開く。そういうかかわりをまずはもちうることが大切である。その意味では、聴くことよりも、傍《かたわ》らにいつづけることのほうが大事だといえる。

しかし、それは被災地から隔たったところで暮らしている人にできることではない。ちょいとボランティアに行ったからといってできることでもない。

いま「復興」を声高に語る声は、濁流のなかでおぼれかけている人に橋の上から語る声のように響く。詩人の和合亮一《わごうりょういち》さんがある対談のなかで、「自分は川の中で一緒におぼれないと何もいえない」というジャーナリストの声にふれ、それこそ「想像力」であり、「川で一緒におぼれるのが詩なんです」と語っていた。濁流に入れなくても、濁流に入り込む想像力はもちうる。その想像力を鍛《きた》えておくことが、いまは必要だ。東北の友人に次に会う日のために。いつか東北を旅するときに知りあった人の語りにじっと耳を傾けられるように。

神戸では、このたびの震災の映像を見て、激しいフラッシュバックに襲われた人もいる。幼児のときに被災した若者は、あのときは意味がわからなかったが、長じていま、過去にはじめて出会うかのような映像にふれ、より深い傷を負いなおしているという。聴きとどけなければならない声は、そんなところにもある。

関西には独特な語りのくせがある。いかに悲惨なことでも「泣き笑い」で語り、相手を面白がらせるというサーヴィス精神である。家が倒壊したことを、ある初老の男性はこう表現した。「女房は二階で寝ていたはずやのに、ふと見たら横におるんですわ」。この語りが聴く者の緊張をほどいた。東北にもまた別の語りの伝統がある。遠野の民話、宮沢賢治の童話、「難しいことを易しく、易しいことを深く、深いことを面白く」という井上ひさしの語り、さらに気仙語に訳された聖書……。その語りの伝統が、このたびの苦難の語りのなかで活きることを祈っている。

よろけたままでも

ただザワザワとざわめいているだけでいいんだよ。はっきりとした音をお前から聴きたいなんて思っていないのさ。耳を澄ましたりすれば、きっとお前も痛いだろうから。

——R・ボルハルト「休止」

（テオドール・アドルノ『三つのヘーゲル研究』〔渡辺祐邦訳、河出書房新社〕より）

じぶんが生きるうえでこれまでずっと軸となってきたもの。身をあずけてきたものでもいいし、それに反撥《はんぱつ》することで身を組み立ててきたものでもいいが、そういうものを突然奪われたとき、そして二度とそれを手にすることができないと知ったとき、人はよろける。よろけても、身を支えることができず、地面に這《は》いつくばることすらできずに、その場に蹲《うずくま》るよりほかなくなる。

手を伸ばしても伸ばしても引き戻しえぬものと、あきらめがつくまで、重い時間がひたすらつづく。忘れていいこと、いけないこと、忘れないといけないことの仕分けがなんとかついて、じわりじわり人生の語りなおしにとりかかれるのは、そしてふと忘れていることも忘れていられるような日が訪れるのは、おそらくはるか先のことになろう。それまでは、どうしても納得がゆかず、わめくこと、当たり散らすこと、出かけた言葉をぐっと呑み込むことが、少なからずあろう。そのたびに低い声でじぶんに言い聞かすことだろう。言い聞かす言葉を見失い、ついに言い聞かすその力を無くしかけることもあるにちがいない。

人生について語りなおすというのは、礎石ごと取り換えることだから、前以上によろけることもある。だからいざるようにしてしかできない。いざって行っても、道が途切れ、引き返す道も消えはて、ふたたび蹲るほかなくなることも、幾度となくあるだろう。でも、それはけっして「独り旅」ではない。固唾《かたず》を呑んで、あるいは声を抑えて、じっと見ている人がいる。よかれあしかれ、へんな横やりを入れる人もいる。思いやりが深すぎて厳しい言葉で耳を撃つ人も。人びとのあいだで揉《も》みくちゃになるうち、ふと気づいたら背中を押されていたということもきっとある……。

そんな思いを込めて、東北の震災から半年ほど経ったころ、わたしは被災地に送る鞄《かばん》の上張りにこう書き付けた——

「へなへな、とろとろ、ふわふわ、ぐずぐず、めらめら、いそいそ……みんな◯」

知者と賢者

福島原発の事故処理で、政府や東京電力の専門スタッフ、原子力工学の専門研究者の株が、みじめなばかりに落ちてきている。「安全であると言える」と言えば言うほど、「安全でないんだな」と多くの人が自動的に反応するようになっている。
「原子力村」とよばれる政治家と官僚と企業と研究者の「もたれあい」の構造から足が抜けなくなって、事故について精確な情報をもっていても一定のバイアスのかかった発言しかできない研究者、逆にそういう情報ネットワークから排除されていて、報道で伝えられるデータを元に事態を推測するしかない研究者、さらには、素人に正確にかつわかりやすく説明するトレーニングを積んでいるとはみえない研究者……。さらにはこれら原子力工学者を名のる人たちが、そのコミュニティの判断として統一見解を出せないでいるという事実。これらがむきだしになって、原子力工学の専門研究者は人びとの眼にとても「プロ」とは映らなくなった。

現在の科学研究は、とにかく細分化がはなはだしく進行している。消化器が専門の病院医師のばあいも、胃、大腸、肝臓、膵臓《すいぞう》と専門分化し、別の医師が治療にあたる。あたりまえのことだが、「専門家」は狭い領域の〈知者〉であって、他の研究領域、他の生活領域については一般の人とおなじ程度に無知である。だからかれらのことを、「専門家」という「特殊な素人」とみておいたほうがいい。

これに対して、〈賢者〉とは状況の全体に目配りできる人のことだ。現代でいえば、複合的な要因によって発生している問題の解決のために知の適切な配置ができる知者、何重もの取り組み体制のデザインができる知者のことであろう。そのつどの状況のなかで何がいちばん大事かを見通せている人と言ってもよい。その意味では、現代の〈知者〉、つまり専門研究者たちは、もはやそういう〈賢者〉ではありえなくなっている。

現代の「科学者」の多くは、国家戦略、企業戦略、さらには知的財産権の渦に巻き込まれながら、研究資金を調達するために、まるで営業社員のように日々企画書を草し、人を雇用し、プロジェクトを推進しつづけている。かつて果たした社会のレフェリー役から、自身がプレイヤーへと移行してきている。

プレイヤーとしての集団組織であるかぎり、企業や官庁など、他の組織とおなじようなチェックが入る。評価を迫られ、コンプライアンス、情報公開が求められる。さらになによりも成績を問われる。外部資金の獲得状況も監視され、その評価が組織人としての境遇に反映される。一昔前なら、科学者というのは、あることに没頭し、他のことには迂闊であることが多いという、そんな隙だらけの姿が好ましく映ったものだ。人類社会の安寧のために、普通人にはできないことをしている人というイメージが強かったからだ。だから、金の計算に疎《うと》いことがむしろ好感をもって受けとめられた。

が、時代は、科学への盲信から科学への不信へと大きくぶれだしている。科学者への〈信頼〉がひどく揺らいでいる。

ある火山噴火の研究者が、大きく予測を外したことがある。けれども、調査のために欠かさず毎日山に登るその人を見て、「あのセンセーの言うことだから」と以後も地元の人たちの信頼を損ねなかったという。〈信頼〉とはこのように、日々のふるまいのなかで蓄積されてゆくものである。すらすらと淀《よど》みなく事態を説明する科学者よりは、向けられた質問に、腕を組み、黙り込んで、「うーん、これはわかりません」と言える科学者、つまりは「限界」をよく知る科学者に、人びとは信頼を感じる。信頼の根というものはそういうところにある。〈知者〉がふたたび〈賢者〉になりうるためには、そういうところからもういちど科学の意味を考えなおす必要があるようにおもう。

文化の後先《あとさき》

五月の連休に、仙台を訪れた。天井の剝落《はくらく》などで三月十一日の大地震のあと休館していた「せんだいメディアテーク」の市民図書館の再開にあわせたイベントに参加するためである。

震災後まだ五十日というのに、その図書館のカウンター前には行列ができていた。再開を待ち望んでいた人たちが多かったのだろう、みな複数冊を抱え、ときには十冊以上もの書籍を借り出して、閲覧室の各席に散らばっていった。大きな余震の不安のなかで、それでもじっと頁に眼を落とす人びと。その横顔を見て、心を動かされた。

人の時間はいくえにも折り重なっている。仕事に貼りついている時間、心をほどいている時間、何かに熱中している時間、足下で轟《とどろ》く社会の鼓動……。震災後、くりかえされる余震のなか足下が揺らいだまま、何をおいてもまずは食物を確保し、身のまわりの物を整えなおす、そのような生活のなかで、人びとの時間はいやがおうにも一所に凝集してゆくばかりだ。時の流れは、いくら切迫したときとはいえ、こんなにも細いものであるはずがない……。きっとそんな思いに駆られてのことだろう、人びとは別の時間をこじ開けるかのように、この施設を訪れた。

東北の被災地では、公立美術館の企画展示のための予算をすべて復興資金に充てることを決めた自治体があるらしい。岩手県立美術館もその一つで、今秋ここで開催予定の個展が中止となった森村泰昌《やすまさ》さんは、「非常時の芸術」というテーマに内容を変えて、自費で、そして新作だけで、展覧会を断行しようとしている。萬鉄五郎《よろずてつごろう》、松本竣介《しゅんすけ》、舟越保武《ふなこしやすたけ》といった岩手ゆかりの作家たちに捧げるオマージュになるそうだが、「非常時にさえ表現にかられる〈私〉がここにいる」、そういう地点から出立する作品を考えているという。

ひとの生き死にが先、食うこと、住むことが先という、だれも反対しようのない物言いに対する抵抗、チャリティー活動として、あるいは「癒し」として糾合《きゆうごう》されつつある芸術の「今」への抵抗を、森村さんは森村さんなりのやり方で貫き通そうというのだろう。その仕込みと制作にかかりっきりになっているはずの森村さんの姿を、わたしはいま必死で想像している。

生活と経済活動の立て直しが先、文化や芸術はその次だと、あたりまえのようにいわれる。が、それには、経済活動も文化としてとらえる逆の視点を対置したい。いまの経済活動には営利や利殖を最優先するものが溢《あふ》れかえっているけれど、いまこの国に必要な事業は何かという観点から取り組まれるものもあり、商いのモラルをしずかに謳《うた》い、守ってきたものもある。これらは「企業文化」とよばれる。政治もおなじで、現にわたしたちはこの国のいまの「政治風土」、つまりは政治のカルチャーに、絶望しかけているではないか。

政治が「まつりごと」であったように、ファッションとして消費されているものはかつて呪術《じゅじゅつ》でもあったし、音楽はかつて儀礼を司《つかさど》るものであったが、同時に民の慰みであり、ときに反乱をけしかけるものでもあった。それらはみな「表現」であり、だからこそ赤子からお年寄りまで、だれもが深く巻き込まれてきたものである。それが戦争や震災のような「非常時」にどういうかたちをとるのか。とってきたのか。それを森村さんは問いただそうとしているのかもしれない。

もしいまそのことに取り組まなければ、わたしたちの孫の世代は文化の遺産なしで生きることになる。それでほんとうにいいのか。そういう問いである。ふと、ピカソの「ゲルニカ」が頭をよぎる。

口ごもり

家族、職場、地域……。三月の震災で、みずからの存在のコアとなっているものを失った人たちは、やがてそれらの語りなおしを迫られる。いやもうすでに、多くの人たちがその語りなおしを手探りではじめざるをえないところに立っている。ここにとどまりつづけられるか、職を変える手はあるか、（若い所帯なら）子どもを今後つくるかどうか……から、亡き家族や職場への断ち切れぬ思いや悔いまで、すぐにけりをつけられないこと、けれどもけりをつけねば一歩も前に進めないことが、いやというほどある。

阪神・淡路大震災のとき、悲惨な体験ですらつい面白おかしく話してしまう関西人の「泣き笑い」の語りのくせが、復興において思わぬ救いとなったことがある。東北の地には、遠野に代表される厚い民話の伝統がある。宮沢賢治の物語もある。石川啄木《たくぼく》や斎藤茂吉《もきち》の圧《お》し殺した歌の数々がある。井上ひさしのおかしみと悲しみをたっぷりこね混ぜた劇や小説もある。そうしたみちのくの語りの伝統が、一人ひとりのいのちの再生に力を与えてくれることを願う。

けれども、そうした語りなおしはすぐにできるものではない。というか一生かかって、もがきつつ、あえぎつつ、語ってはかき消し、またさらに語りなおすという果てしのない過程のなかで、孔《あな》やほころびを含みつつかろうじて紡いでゆかれるものであろう。このたびの震災から半年ばかり、まだまだたやすく口を開けないこととおもう。

しかし、この語りにくさは、被災地外の人たちにも痛感されたことであった。被災のかたちが被災した場所と境遇とによってあまりにも違いが大きいため、どんな言葉を送ってもだれかを傷つけてしまう……。それはとくにこれまで大きな震災を経験した多くの人たちのおもうところであろう。

また原発事故についても、電力会社の責任を大声で問う人、政府の事故後の対応の遅さをなじる人が大勢いるが、この問題にかんして深く口ごもってしまう人もいる。生活や愉《たの》しみのために湯水のように電気を使い、一部の科学者から安全性についてくりかえしなされてきた警告は聞こえても聞こえないふりをして、企業と行政、研究者とメディアが流すじぶんたちにとって都合のよい情報にばかりなびいてきたことのつけがこのたびの事故であったことを思い知らされたがゆえに、まるで手の平を返したかのように告発の言葉が口をつたって出そうになると、おまえにそんな資格があるのかと自問し、言葉をつい内にたたみ込んでしまうのだ。

それは研究者についてもいえる。原子力工学者たちのことを「あそこは特殊なムラだから」と言ってすます研究者もいれば、「専門外」のこととしてそれを見て見ぬふりをし、けっして質《ただ》そうとはしなかったみずからの過誤を責める研究者もいる。

アーティストたちの口ごもりも印象に残っている。いてもたってもいられないと切迫しつつも、ともに溺《おぼ》れることもなく濁流の外から何が言えるのだと自問する詩人がいた。見ることと撮ることとを一致させるために、睨《にら》まれても撮る責務をみずからに課する写真家もいれば、カメラを向けるとついフレームを考えてしまうと、写真家としての技を封印した人もいる。メディアがおなじような言葉を洪水のように流しているとき、声を合わせることを拒むのがアーティストだと考えて沈黙した人もいる。建築家にも、みずからの仕事が問われているとすぐに被災地で復興の列に加わった人もいれば、これは建築設計の問題ではなく、復旧・復興をどう進めるかの問題であるとして、建築家としての専門知をいったん棚上げしたうえで、利害が衝突しがちなその渦中に身を投じた人たちもいる。

こういう口ごもりの意味を考えることも、震災支援をめぐっては必要だとおもう。

言葉の死角

「どうして子どもたちを真っ先に疎開させてくれなかったんですか？　太平洋戦争のとき東京の子どもはあちこちに疎開できたのに……」

ある集いで震災復興のことに話がおよんだとき、福島県在住の方がふと漏《も》らされた言葉である。はっとした。そんなふうにこのたびの「疎開」のことをとらえたことがわたしにはなかったからだ。この「怨《うら》み」は、だれかを名指しで責めているわけではないから、それだけよけい深いとおもった。

言葉は人と人をつなぐメディアだと思われているが、じつは人と人をつなぐのとおなじだけ、人と人を切り離す、もっとはっきりいえば分断する。

だれもがこのことを人生でこれまで何度も思い知らされてきたはずなのに、時がたてばまた、言葉を無頓着《むとんちやく》に発する元の習い性にもどってしまう。まるで、語るということには死角がつきものであるかのように。

東日本大震災の話にもどれば、被災の状況が少しずつよりあきらかになってきたころ、報道でもさかんに「ガレキ」という言葉が使われた。崩され、流されて、どこにいったかわからぬ物、それらは他人にとっては些細《ささい》なものかもしれないが、その一つ一つがまぎれもなくだれかの思いがたっぷりと染みこんだものであるはず、まさにかけがえのないものであるはずで、それを「ガレキ」の一言で片づけられてはたまらないだろう。そのことにまで思いがいたらない、そんな、当事者にたいする無神経が、「ガレキ」という表現のなかに現われでていた。

　相手のことが見えないということでもう一つ、気になる言いまわしがある。あまりにあたりまえに語られるので、こっちの感じ方が異様なのかと心もとなくなるくらいにあたりまえに語られていることがらである。

　グローバル経済のなかでの熾烈《しれつ》な競争にくわえて、円高による苦境が、いまこの国の大企業を襲っている。価格競争にいやでも巻き込まれた企業の少なからぬ部分が、東南アジアの、労賃のより安い地域へと生産拠点を移そうとしている。かつて国内から中国やタイに工場を移した企業が、こんどはベトナムや、さらには「開放」の兆しの見えたミャンマーへと工場を移そうと図っている。

　おなじ物を生産するなら、労賃のより安い地域で生産したほうがコストが下がり、それだけ価格競争で優位なポジションに立てる……。そうあたりまえのように語られる。けれどもそれを聴いた現地の人はどうおもうだろうか。有り体《てい》にいえば、「搾取《さくしゅ》」の幅がここではより大きいと言われているのとおなじことではないのか。もっと「搾取」できる地域があればさっさと見限りますよ、と言われているようなものである。

　現地では販売価格にかなった労賃なのかもしれない。あるいは地元産業よりはわずかに好条件での雇用なのかもしれない。けれども、工場移転を「開発途上国」の産業力の向上、さらには就労環境の改善の支援につなげるという声は、聞いたことがない。

そう言うとすかさず、日本企業の生き残りのためには仕方がないのだ、という声が返ってくるだろう。企業はそうして生き残るかもしれないが、しかし、日本の労働環境はいっそう劣悪になる。とすると、いったいだれのための生き残りなのかわからなくなる。

生産拠点の海外移転を語る言葉に、それを受け入れる他国の人たちの思いは汲《く》まれていない。そして自国の人たちの思いも。まさに死角がいっぱいに見える。

相づちを打つこと、打たないこと

「がんばれ」「がんばってください」

そんな呼びかけが、震災の直後、全国から湧き起こった。情報回路がいたるところで寸断されたなかで、被災地外の人たちには災害の仔細が知れず、被災地どうしでもそれが分からない状態で、それでも声を、と送った言葉がこれであった。

が、側面から、背後から、被災地を激励しようというこの言葉は、逆境のなかで挫《くじ》けてなるものかとみずからを叱咤《しった》している人びとを後押しする言葉になりえても、時とともにいよいよ厚く重くのしかかる困難に、息も絶え絶えとなって、立っているだけで精一杯といった状況のなかにいる人にはむしろ苛酷なものとなる。

「もう十分がんばりました」「これ以上何をがんばったらいいんですか？」

これから先可能なこと、というよりは不可能なことが、一つ一つ浮き彫りになってきて、おそらく可能なことすらもすり切れかかった糸のようにいよいよ細くなり、失ったものの大きさもまだ測りかね、かつ納得しきれず、気持ちがまだ乾かぬやけどの痕《あと》のように爛《ただ》れたまま、他人のそれとの差異もいやでも目につくようになって、もう眼を伏せうずくまっているほかないと思いさだめる……。そんな境地へと追いつめられたとき、だれかに「お気持ち、よく分かります」などと相づちを打たれたら、「そんなにかんたんに分かられてたまるか」と、吐きだすように低い声で返すにちがいない。

「心のケア、お断り」

一時期、そんな張り紙をしている避難所があったと、知人から聞いた。

十六年前、神戸の震災のとき、聴くことのむずかしさを多くの人が思い知った。言葉をさえぎって励ますこと、なかでもじぶんの体験を引き合いに出して励ますことが、相手に、ようやっと搾《しぼ》りだした言葉を逆に呑み込ませてしまうこと、このことにカウンセリングの専門家たちは注意を促し、「ひたすら聴くこと」の大切さを説いた。

が、ひたすら聴くというのは、その場で相づちを打つことではない。「分かる」というのは、おそらくはその字のとおり、「分かたれる」ということであって、話しているうちに気持ちが一つになる、おなじになるというよりも、むしろ逆に、一つの言葉に込められたものの意味や感触がそれぞれに異なるということ、つまり、相手との差異が、隔たりがいよいよ細かく見えてくるということ、そのことを思い知らされるということなのだろう。

阪神・淡路大震災のさなか精神科救急にあたり、その後も兵庫県こころのケアセンターを拠点に「傷ついた心の回復」に尽くしてきた加藤寛の、ノンフィクションライター・最相葉月《さいしょうはづき》による聴き取り『心のケア――阪神・淡路大震災から東北へ』（講談社現代新書）のなかで、加藤はケアにあたる者の心得として、「それ以上傷つけない」ことをまっ先にあげている。かんたんに相づちを打たないこと、分かったつもりにならないこと。「なんでもおっしゃっていいですよ」という言葉が、ときに相手の心に鎮めがたい氾濫《はんらん》を引き起こしかねないこと、あるいは、けっして相手に「被災者役割」を押しつけないこと。よくよく心すべきことだとおもう。

分かるというのは、ここにいるこの他者の心持ちを知りつくせないということを思い知ることなのだろう。そういう限界を知ってなお、という支援グループの来訪以外はご免こうむりたいという気持ちが、先の張り紙には浮き出ていたのだろう。

区切りなきままに

もうすぐ東日本大震災が起きて一年をむかえる。重くて、長い、一年だった。

震災後、ただちに、全国どこからともなく「わたしたちにできること」という声が湧き上がった。いても立ってもいられなくて東北の地に走った人もいたけれど、多くの人はまずは避難の邪魔をしない、救援物資の輸送の邪魔をしないということで、思いとどまり、遠く離れてはいるけれど何かじぶんにできることはないかと、じりじりしながら問うた。

寸断された交通網が少しずつ回復しだすと、週末など時間がとれる日に被災地にボランティアとして駆けつけた。そしてこんどは、多くの人が「じぶんにできること」の小ささ、「極小」としか言いようのないくらいの小ささに、打ちのめされた。

阪神・淡路大震災のときは甚大な被災は特定区域に集中していたから、独りでできることは小さくても、すぐ傍らに別のグループの姿などもちらちら見え、そういう小さな活動も合わさればきっとなにがしかの力にはなるはずだと信じられた。が、東北の地では被災地域が途方もなく広くて、じぶんたちの活動が別の活動とつながる可能性もようとして見えない孤立した点のように感じられ、その無力さにおそらくは茫然となった。

この救援・支援のなかで、どう声をかけたらよいのか途方に暮れ、遠慮がちにかけた言葉、「大丈夫ですか」「お気持ち、わかります」「がんばってください」ですら、避難所では被災者に言葉を呑み込ませ、無言で支援者を追い返させることにつながってしまい、結果、悔いと失意とともに被災地を後にしたボランティアの人もいるだろう。辛い被災・救援経験のある兵庫県の支援チームは「みごとに、何も言わない」、そして「テーブルが汚れていたらそっと拭き取るような」支援を続けていた、との報告もある（加藤寛・最相葉月『心のケア―阪神・淡路大震災から東北へ』）。

今回の震災では、家族、職場、故郷といった、みずからの存在の根拠地とでもいうべきものを失った人が大勢おられる。じぶんの存在の根拠の一角が失われたということは、傷を深く負いつつも、これからの人生をこれまでとは違ったふうに語りなおさなければならないということだ。納得のゆく語りなおしはいつ終わるのやもわからぬ。納得のゆく言葉で語りなおせるまで、ときに激しい揺れやリバウンドにも見舞われよう。そのプロセスを、背後から、あるいは遠目にずっと見つめていてくれる人がいるということが、かろうじて支えてくれることはある。ナチスの強制収容所で最初に崩れたのは「希望」に託した人、最後まで命をつないだのは「待つ人」がいる人だったと、『夜と霧』のフランクルが述べていたように。それは、サイズからすれば、面の広がりをもたない孤立した極小の点であろうが、だれかにとっての「定点」という、大事な点なのである。

被災地外の人たちがWhat can I do for him/her? と問うことが、ひるがえって自己自身に向けて、「生きるうえでほんとうに大事なこと、大事でないこと」への問いをさらに促した一方で、被災地の人たちは、いま何を軸にじぶんたちの生活を立てなおすのか、という問いに向きあわされている。先にも引いた河瀬直美監督の映画のなかでの言葉を借りれば、「忘れてええことと、忘れたらあかんことと、ほいから忘れなあかんこと」の腑分《ふわ》けを迫られることとだろう。

これはとても苦しい作業である。だれかのことを思い出せるのは、その人のことをふだんは忘れるようになってからのことだが、みずからの存在の根拠地を奪われた被災者にとって、震災はいつの日にか思い出となることがあるだろうか……。

「忘れねばこそ思ひ出さず候」

九鬼周造《くきしゅうぞう》はかつて、郭《くるわ》の女性の恋文のなかの一節として、こんな言葉を引いていた。

「絆」という言葉にふれておもうこと

幽霊のように、いま、この時代にいちばん必要なこととして、流通している言葉がある。「絆《きずな》」

だれがだれに向けて呼びかけている言葉なのか、わたしにはよくわからない。そうした「呼びかけ」の言葉をまわりで耳にしたこともない。とすると、東北の被災地へボランティアに駆けつける人びとのモチベーションを上げるための言葉なのだろうか。あるいは、このたびの震災を機に、日々の暮らしのなかで「つながり」の大切さを痛感した人びとが、それをまわりの人たちに訴えるときの合い言葉なのだろうか。わたしには、何が具体的に必要かがくっきり見えているときに、人びとのあいだでそのような比喩《ひゆ》の言葉を必要とするとは思えないのだが。

比喩というのは、「絆」がもともと「馬・犬・鷹など、動物をつなぎとめる綱」（広辞苑）を意味する言葉だからである。「絆」とは「つながり」というよりも、むしろ何かを繋縛《けいばく》するものであることは、いまはさておく。じっさい、「格差」を強く意識させられ、孤立のなかで貧困に向きあっている人たちは、それに抗う言葉を発しこそすれ、「絆」の回復を、とは口にしはしないだろう。

とすれば、「絆」は、政党団体や慈善団体をもふくめ、報道メディアや出版界など言論を生業とする人たちのあいだで流通している言葉のようにおもえてならない。「つながり」を否定する人はいないから、だれも表だって反対できない匿名《とくめい》の言葉として流通しているだけのようにおもえてならないのだ。

たしかに、「絆」という言葉の裏には、「多様性」というもう一つの流通語が空疎に響くだけに終わったという苦い認識があるのだろう。この認識について、かつて平川克美《ひらかわかつみ》は、「多様というよりは、個々の欲望の目先が細分化し、お互いがお互いを参照する必要のないところで自己決定、自己実現しようともがいている光景」、つまりは「ひとりひとりが、分割されて、お互いに交通することをしなくなるということを称して、『多様性の時代』と言うなら、それは人間の本質的な多様性というものの価値を断念した時代という他はない」と書いた。

おもえば、戦後の高度成長期、わたしたちが生活の向上をめがけているときは、「三種の神器」に象徴されるように、人びとの欲望は画一的であった。一九五〇年代後半にはテレビ、洗濯機、冷蔵庫が、六〇年代半ばにはカラーテレビ、クーラー、自動車という3Cが、庶民の合い言葉となっていた。それが、少なくとも主観的には「一億総中流」としてある程度達成されると、逆に欲望のかたちはばらけてくる。「豊かな」生活のなかで人びとの嗜好《しこう》は多様化してくる。幸福の記号やメニューが増えてくるのである。が、その「多様性」が、平川の指摘したように「欲望の細分化」でしかなかったこと、ひいては人びとのあいだの交通の遮断、つまりは分断の深化であったことは、おそらくまちがいない。

だからこそ人びとのあいだに「絆」を、というわけなのだろうが、いま必要なのは、「絆」

というイメージの言語でその分断に被《おお》いをかけることではなく、むしろその分断の、ひいては「格差」の認識を、さらに深めることではないのだろうか。他者とのあいだに厳然と存在する溝の深さをさらに細部にわたって知ること、これは痛い認識である。けれどもそれを通してしか、ほんとうに必要なものは見えてこない。痛みを「分かちもつ」ことはその先にしかありえないとおもう。「絆」という言葉の被いは、多様性の前提となる差異の存在を覆い隠すものになってはならない。

底が抜けるという体験

震災と津波が東北の地を襲って数日後のことだったとおもう。被災状況の記事が紙面を埋めつくすなかで、精神科医の中井久夫が新聞社の取材に応えて語った言葉は異彩を放っていた。

「乾パンと水でもつのは二日、カップ麵でもつのは五日。一週間過ぎたらうまい食事をとらないと、精神的にも苦しくなる」

何日もつか、というその日数の確信にみちた指示に驚いた。さらに、まずは「温かいご飯」を、というふうに、食事をなによりも案じるその心添えに。

震災のその日に兵庫県から派遣要請を受け、すぐに準備を整え仙台に向かった神戸大学の田中究《きわむ》は、神戸の震災時、中井の講座のスタッフとして救援にあたった医師である。その田中は、被災地では被災者のみならず支援者のだれもが「過緊張」になっている、だからそのため「毎晩宴会だといってはみなを飲みに誘い、緊張が緩むよう気を配った」と言ったそうだ（最相葉月による証言）。支援は小さくともずっと続けることに意味がある。そのためには、まずはちゃんと食事をとって、メンバーもぐるぐる交替して、と。

これらのことが頭にこびりついていたからだろう。震災の半年後にはじまったNHKの連続テレビ小説「カーネーション」のなかで、敗戦を告げる玉音放送のあと、途方に暮れる家族や使用人のなかから主人公の糸子がすっくと立ち上がり、「さ、お昼にしょうけ」と声をふりしぼる場面に吸いよせられた。

家族や隣人を亡くす、職場を失う、故郷が廃《すた》る……。これらはみな個人の生活の礎となるものを喪失するということである。以降、これを前提として生活を編んでゆくことができなくなる。暮らしの底が突然、抜けてしまったのである。

底が抜けるというこの出来事は、被災地の人のみならず、福島第一原発事故の発生とともに、被災地外の人たちをも襲った。わたしたちが日々のくらしをその上に据え、それが壊れることなど思いおよびもしなかったもろもろの社会システムが、砂上の楼閣のように、その一部に入ったひびが全体に波及して一挙に崩れ落ちるきわめて脆《もろ》いものであることを、いやというほど思い知らされた。

人びとの生活はもろもろの「確信のレパートリー」（オルテガ）から成り立っている。人がそれを頼りに生きているこの「確信のレパートリー」が、福島第一原発事故の後、大きく揺らいだ。政治への、企業への、学術への、報道への信頼が傷深く損なわれた。いまその修復こそが問題であるのに、「何を信じてよいのかわからない」と吐き捨て、信頼のしすぎからこんどは全面的な不信へと逆振れしてしまえば、行きつくところは破局しかない。大事なのは修復である。船の底が抜けたからといってその穴を塞ぐためにドック（＝歴史の外）へ引き返すことはできないからだ。

システムが崩壊しても生き延びる、そういう生存戦略こそが、一人ひとりの思量のなかで培われねばならない。多くの人がいま事態をそう受けとめている。「さ、お昼にしょうけ」というせりふが、人びとの心を攫《さら》った理由はまちがいなくそこにある。

そういえば内田樹《たつる》も、震災以前に刊行された『昭和のエートス』のなかで、社会システムへの（根拠なき）確信のなかで勝ち残るという生存戦略に対し、それへの確信が崩れ去っても生き延びるために不可欠なこととして、「何でも食べられる」「どこでも寝られる」「誰とでも友だちになれる」の三つをあげていた。

四人はみな、システムの網をかいくぐって、いわばその〈外〉から、問題の所在をピンポイントで示していた。

「福島ごと、引っ越したい」

福島の原発事故直後、母だけと京都へ疎開してきた女子小学生の一年半をたどる特集が、先日、関西のあるローカル番組で放映された。疎開で離ればなれになった福島の児童を再会させてあげようと、この夏、各地でイベントが開催された。その会場の一つ、奈良には福島から駆けつけた親友もいた。番組の最後、ふたりはカメラに向かい、黄色い声で叫んだ——

「福島ごと、引っ越したい」

胸を鷲づかみにされた。家族を裂かれ、友だちからも引き離された子どもたちは、おとなら端《はな》から問題にしないような発想をしていた。でもよく考えれば、ここにしかほんとうの「復興」はない。しかしそれが不可能なことを子どもたちだって知らないわけがない……。胸がつまった。

番組のあとおもった。福島のその地域ではコミュニティがまだ生きていた。じっさい、被災地では商店街がボランティアの活動拠点となることも少なくなかった。地域のコミュニティがのっぴきならない仕方で崩れてきたのは、むしろ大都市や郊外のニュータウン、そしてシャッター街化した地方都市のほうではないか、と。

コミュニティの勁《つよ》さというのは、生きるため、生き延びるためにどうしても必要な作業を共同でおこなうところにある。かつて地方が町方に対し「ぢかた」と呼ばれたころには、食材の調達や分け与え、排泄物の処理、次世代の育成、相互治療、防災、祭事、墳墓の管理など、広い意味での「いのちの世話」はみなが協力して担った。そこでは子どももあてにされていた。

もちろんそれはしがらみにがんじがらめになった共同体ではあった。掟《おきて》を破り、秩序を乱した者を「村八分」にする苛酷な共同性でもあった。けれどもいまのニュータウンの暮らしをみれば、出産や病人の世話、結婚式、新改築の手伝い、災害時の対応、年忌法要などの「八分」どころか、制裁から外すとされた「二分」、つまり葬式の世話（伝染病を防ぐため）と消火（延焼を防ぐため）すら、行政やサーヴィス業者にまかせきりである。わたしが十年ほど単身赴任していた千里ニュータウンでは、近隣の人との接触があるのは、行政が設定するゴミ収集日の朝だけだった。地方が「ちほう」と呼ばれ、中央の省庁や大企業の流通システムに依存度を著しく高めるなかで、地域社会は自治能力を失っていった。

生き延びるためにどうしても共同でおこなうしかない作業、それを行政やサーヴィス業者らの専門家集団にそっくり委託してきたのが、わたしたちの近代であった。それによって都市生活のクオリティはぐんと向上したが、その裏面で、地域がさまざまのサーヴィスを消費する町、私的なものが充満する町となっていった。その料金負担に耐えられなくなったとき、市民はそれぞれに孤立したままさまざまなリスクにむきだしで曝《さら》されることになった。「新しい公共」に目は向かいつつも、その地力はじり貧になっている。市民はサーヴィスの顧客でしかなくなっている。いまNPOやボランティアに取り組む人たちが、「ゆい（結）」や「もやい」といったかつての農漁村の助け合いの仕組みに学びつつ活動しているように、この地力は、まずは小さな協働の積み重ねのなかで身につけなおすよりほかない。

支えあうことの意味　十代の人たちに

震災、台風、豪雨。自然はわたしたちの日々の暮らしに、ときにすさまじい力によって襲いかかります。自然のこの脅威を前にして、わたしたちは、人間がいかにちっぽけな存在か、人間がつくったものがいかに脆いかを、思い知らされます。

けれども、大災害のときにもっとつよく思い知らされるのは、社会のなかでわたしたちがいかに無力な存在になってきているか、です。えっ、人間は技術の進歩によって力をどんどん蓄えてきたのではないの？　さらに技術を高度なものに進化させれば、自然災害だって克服できるのではないの？　そんな疑問がすぐに頭をよぎるかもしれません。

でも、ちょっと思い出してください。東日本大震災のあの日、（被災地ではなく）東京で起こったことを。揺れや停電で電車は止まってしまいました。そして東京で働く多くの人が家に帰れなくなり、会社に泊まったりしました。歩いて帰るにも七時間、八時間とかかった人が多かったようです。それだけではありません。浄水場が放射能で汚染され、水道の水も一部で飲めなくなりました。それでペットボトルの水を求め、みながコンビニやスーパーに走りました。そしてすぐに品切れ状態になりました。

「文明が進めば進むほど天然の暴威による災害がその劇烈の度を増す」――これは寺田寅彦という物理学者のことばです。彼は、昭和一ケタの時代にすでにこんな警告を発していました。

文明よりはるか以前、人びとが洞窟に住んでいたとき、たいていの地震や暴風は洞窟のなかに潜んでいればしのげた。粗末な小屋をつくって住むようになっても、倒壊しても吹き飛ばされても、すぐに復旧できた。が、重力に逆らい、風圧水力に抗うような施設をつくりだすにつれて、人は建物の倒壊や堤防の崩壊で命を危うくするようになり、災害の度は逆に大きくなっていった、というのです。

そこからさらに、彼はこう言います。文明化は人びとの連携や結合を強め、緊密にしてゆく。単細胞動物なら組織を切断しても各片が別のかたちで生き延びるが、高等動物は分化がいちじるしく発達しているので、一部の損傷が系全体に致命的なダメージを与えてしまう。文明社会もこれとおなじで、局所での災害がさまざまなかたちで全体に波及しやすい、と述べています。

寺田のこれらの言葉にあるように、現代の都市生活はじつはたいへんに脆い基盤のうえに成り立っています。ライフラインが止まれば、人は原始生活どころかそれ以下に突き落とされるのです。自然が残る土地であれば、渓流の水が飲めます。土や石ころや枝葉で雨露をしのぐ工夫もできますが、都市の河水は汚くて飲めない、アスファルトに覆われた路上には土も石ころもない。わたしたちはなすすべもなく、ライフラインの復旧をただただ待つしかないのです。道を歩いていても、頭上高くそびえる高層ビルや、空中を走る高架道路が落下して大災害になることもあります。十七年前の阪神・淡路大震災では、それがじっさいに起こりました。

原子力発電所の事故、高架道路の落下、「帰宅難民」……。こういうことが過去にじっさいに何度か起こっているのに、その教訓もいつしか忘れ、またおなじことがくりかえされました。さいわい高架道路の落下だけは今回は起こらずにすみましたが。

なぜ、過去の教訓が活かされてこなかったのでしょう。なぜ、歩いて七、八時間かかるようなところから職場に働きに出るということがずっとあたりまえのことのように思われ、このあたりまえがけっしてあたりまえでないことが、災害時にはじめて垣間見えても、それもまたすぐに忘れられるというようなことがくりかえされてきたのでしょう。それを知るには、自然の脅威の前で人はちっぽけな存在であるばかりでなく、社会のなかでも人はどんどん無力になってきているという、冒頭で書いたことを、さらに問いただしておく必要があります。

*

この国のほとんどの人は、ふだん、饑餓《きが》や戦争をはじめとして、生存が根底から脅かされるような可能性を考えないで生きています。生存そのものが危うくなるような状況をまったくと言っていいほど想定しないで暮らしています。なんとなく「だれかがやってくれる」と思っていられる社会に生きているからです。わたしたちは、一見とてもよくできた社会で暮らしています。電車は数分遅れただけでニュースになるくらい正確に運行しているし、停電や郵便物の遅配もめったにありません。深夜もたいていのところは危険も感じずに歩けるし、突然体に変調をきたしても病院に駆けつければなんとかしてもらえます。生活保護や福祉、流通や防犯・防災など、社会にはいろんなセイフティネットの仕組みが備わっていて、過去の時代になかったような安心で安全な社会に暮らしているのが、わたしたちです。

けれども、このように暮らしやすい環境のなかで、知らないあいだに、じぶんたち自身がとんでもなく無能力になっているということには、なかなか気づきません。そしてそのことが、こんどの震災のような大災害のときにはむきだしになります。先の例にもどれば、水道が止まるだけで、眼の前の川には水がたっぷり流れているのに、雨はしばしばどっさり降るのに、それらを飲める水に変えることが、個人としてのわたしたちにはできません。浄水場になにかトラブルが発生すればとたんにアウト、なのです。

生きものであるかぎり、人にはどうしても自力でしなければならないこと、しつづけなければならないことがあります。食べること、そのために食材を調達し調理すること、食べたあとのゴミや排泄物を処理すること。赤ちゃんをとりあげること、子どもを育てること、子どもに世の中のことをいろいろ教えること。身近に病人がいればその看護をすること、おとしよりの世話をすること。人を看取り、見送ること。人と人のあいだでいろいろめんどうなもめ事が起これればそれを調停すること、防犯に努めること、などなどです。これらは人のいのちに深くかかわることなので、細心の注意を払っておこなわなければなりません。失敗は許されません。こうした「いのちの世話」をいいかげんにしたつけは、あとでぐっと大きくなって身にふりかかってきます。

そのために、先人たちは、これらの「いのちの世話」を確実に代行するプロフェッショナルを養成し、またその「世話」の場所を公的な施設として整備してゆきました。これは、社会が「近代化」するときの大事な一面です。めんどうな排泄物処理は文字どおりみずから手を汚さなくても、「下水道」というかたちで行政がやってくれる。病気になれば病院に行って、医師の診断と治療を受ける。そのあとは看護師に看病される。夜に「火の用心」とみなで交替で地域を回らなくても、消防士・警察官が見回ってくれています。もめ事がややこしくなれば弁護士を立てることができます。

たがいのいのちを世話しあう、そんな大事なことを能力の高いプロが代行してくれる（もちろんそのために税金を払い、サーヴィス料を支払う義務が生じますが）、そんな「安楽」な社会に何代にもわたって暮らしているうちに、しかし、わたしたちはそれらをじぶんでやる能力をしだいに失ってきました。かつてはだれもがそれができるよう、家族に、あるいは地域社会のなかで鍛えられてきたものですが。

くりかえします。生きてゆくうえで一つたりとも欠かせぬことの大半を、わたしたちはいま社会の公共的なサーヴィスに委託して暮らしています。たがいのいのちの世話を、病院や学校、保育園、介護施設、外食産業、クリーニング店、警察署・消防署などにそっくり任せて生活しています。これは福祉の充実、あるいは「安心・安全」と世間では言われますが、裏を返していえば、各人が自活能力を一つ一つ失ってゆく過程でもある。わたしたちは社会のこのサーヴィスが事故や故障で止まったり、劣化したり、停滞したりしたとき、それに文句（クレーム）をつけることしかできなくなっています。じぶんたちで解決策を提案したり、あるいは行政やサーヴィス業から仕事を取り返してじぶんたちでやりますと言うことができなくなっています。それほどわたしたちは市民として、地域社会の住民として、無能力になっているのです。このことが震災のような大災害のときにむきだしになるのです。ふだんはそうしたサーヴィス業務にあるていど任せておくとしても、いざというときのために、いつでもそれらが自前でできる準備だけはしておかなければ、非常時に復興を担えない、とても壊れやすい存在に一人ひとりがなってしまいます。

＊

なにごとにも資格が問われるような社会には、もう一つ、重大な問題が潜んでいます。それは日常的に人の選別がおこなわれる社会だということです。

プロフェッショナルとは、専門学校や大学の専門課程で学び、試験を受けて「免許」を交付された人のことです。彼らは病院をはじめとする国から認可された施設で勤務します。そういう専門職が誕生すると、免許を持たない者は逆に、勝手にそれらをすることができなくなります。他人に食事を提供しようとおもえば調理師資格が要る。他人を看病しようとすれば看護師資格が要る。もめごとを解決することを仕事としてやろうとすれば司法試験に通らなければならない。要するに、なにか社会的に、あるいは公的に活動しようとすれば、かならず「資格」が問われる、そんな社会にわたしたちは暮らすようになったのです。

何をするにも「資格」が要る社会というのは、別の言葉でいえば、人が「何をしてきたか」「何ができるか」で評価されたりされなかったりする社会のことです。履歴書というものを見たことがあるでしょう。そこには、当人がこれまでどんな学校を卒業し、どのような就業経験があり、またどんな試験を受けてどんな免許を所持しているかが、ずらり記載されています。まさにその人が「何をしてきたか」「何ができるか」の一覧表です。

この履歴書に何かを書き込めるように、人は生涯において何度も試験を受けます。その典型が入学試験です。あなたたちのなかにはひょっとしたら小学校、あるいは幼稚園に入るときでさえ、試験を受けた人がいるでしょう。子どものときから試験でふるい分けをされ、学校に入っても定期試験、卒業試験があり、つぎに入社試験を受けて合格しても、そのあとずっと昇格試験や、日常業務の評価にさらされつづけます。

いうまでもなく、試験とは人を選別するものです。点数をあるていど以上とれば、「わたしたちの組織はあなたをメンバーとして受け入れます」と言われますが、点数が足りなかったら「わたしたちの組織にあなたは入ることができません」「わたしたちはあなたという存在を必要としていません」と突き返されるということです。むずかしい言葉を使えば「存在の値踏み」をされるということです。

どんな組織も入社試験から面接まで、人をメンバーとして受け入れるときにはそのような「試験」をします。だから受けるほうもどの組織を受験するか、慎重に選びます。それでたとえばどんな学校を受けようかとか、どんな仕事に就こうかと考え、当然のことながら、まずは「じぶんに向いているのはどんな仕事だろう」「じぶんにはどんな能力や才能があるだろう」と自問します。もっと欲張りな人は「じぶんには他の人にはないどんな能力や才能があるか」と問うことでしょう。けれども、よく考えてほしいとおもいます。頭がいい、走りが速い、計算がうまいといっても、上には上がある。「じぶんにしかないもの」などすぐにはわからないし、すぐに見つけようもありません。すべては相対的な評価のなかに置かれ、一列に並ばされて、じぶんがどの位置にいるか思い知らされるだけです。ふるい分けはそのようなかたちで起こっています。

これは若い人たちにかぎったことではありません。慢性疾患、加齢、障碍《しょうがい》、失業……。いまの社会は、人がおのれのひよわさ、みみっちさ、もろさ、小ささ、みすぼらしさ、つまりはおのれの「限界」というものに向きあわされる場面に満ちています。かつての社会では、たとえば老いも、長老とか老師とか大老とかいうふうに尊敬と畏《おそ》れのまなざしのなかで仰ぎ見られていたものですが、いまは老衰とか老廃とか老醜とか老害とかいうふうに、みじめなもの、あわれなもの、薄汚いものといったマイナスのイメージのなかでしか思い浮かべられなくなっています。そうすると、老いた人たちは、日常生活のなかでつい「してもらうばかりで、申し訳ない」と感じることが多くなり、ついには「厄介になるばかりで、何の役にも立たない……そんなわたしでもまだ生きていてよいのか？」と自問するにすらいたります。

老いた人をじりじり襲うこんな寂しい問いが、いまの社会では、老いの渦中にいる人のみならず、更年期の人、そして十代の人までを襲うようになっています。いのちが萌《も》える思春期や成熟へと向かうべき思秋期の人に、「わたし、まだここにいていいのだろうか」「結局、何にもできなかった」「何もかも見えてしまっている」……などといった深い無力感が広がっています。「なんかものにならなかった」……そんな中年の方たちの言葉もよく耳にします。だれもが、じぶんがここにいる理由、じぶんがここにいていい理由を問わなければならない社会というのは、なんとも寂しいものです。

この背後にあるのはいうまでもなく、「何をしてきたか」「何ができるか」で人の価値を測る社会です。だから、就職活動をする若者たちは何をおいてもまず「わたしに向いていること」「わたしにしかできないこと」をじぶんに問います。そう、じぶんに資格を問うわけです。そしてそれがうまく見つからないと、さらには試験に不合格になることがつづくと、「できない」という無力感に浸され、「できない」こんなじぶんがここにいていいのだろうかと自問するところまで追いつめられていきます。資格への問いは、じぶんという存在の「資格」への問いへと尖《とが》っていってしまうのです。なんとも生きづらい社会だとおもいます。

が、これもまたじつは、「近代的」な社会が最終的にたどり着く〈たましい〉の光景なのです。社会が封建的なものから近代的なものに移行するというのは、人それぞれに生まれ落ちた環境（階層、家族、性）によって人生の輪郭がほぼぜんぶ決まってしまう社会から、出自という、その人にとってはそもそもが偶然の条件、つまりじぶんでは責任のとりようのない条件を解除して、だれもがおなじスタートラインにつく社会へと移行することです。「生まれ」によって、じぶんの職業が、結婚相手があらかじめ決まっている社会ではなく、おなじスタートラインからそれぞれにじぶんの意志でじぶんの人生を選びとってゆくことのできる社会。たしかに個人に大きな自由が保障される、より居心地のよい社会です。けれどもこれを裏返していえば、スタートラインはおなじわけですから、その人の存在価値は、その人がそのあと人生において何をなしとげたか、どんな価値を生みだしたかで測られるようになるということです。つまりそれは、じぶんでじぶんがだれであるかを証明しなければならない社会でもあるわけです。だからあんなふうに「他の人になくてじぶんにしかないもの」を人は必死で探し求めようとするのです。

これをさらにいいかえると、「これができるなら」という条件つきで、個人の存在が認められる、そういう社会だということです。条件を満たしていなければ「不要」の烙印《らくいん》が押される、「きみの存在は必要ない」と。こうした言葉は家庭のなかですら向けられます。子どもの頃から、「これをちゃんとやったらこんどの日曜日に遊園地に連れていってあげるからね」という言い方を親からよくされてきたでしょう。このように条件付きで相手の存在を認める、そういうまなざしは知らぬまに家庭のなかまで浸透してきています。「もし〜できれば」という条件の下で、じぶんの存在が認められたり認められなかったりする、そんな仕組みのなかで生きつづけていると、人はじぶんが「いる」に値するものであるかどうかを、はっきりした答えが見つからないままに、恒常的にじぶんに向けるようになります。期待という名の条件に沿えないことがつづくと、じぶんの存在は人に認められるか認められないかで、あったりなかったりする、そういうものなのだ、という感情をつのらせてゆくことにもなります。それは「できる」子だっておなじです。「できる」子も、おとなの提示する条件をきちんとクリアしながら、もしこれを満たせなかったらという不安を感じ、かつそれを上手に克服しているじぶんを「偽の」じぶんとして否定する、そういう感情を内に深くため込んでいるものです。いずれにせよ、じぶんをすぐには肯定できないという疼《うず》きを、いま多くの子どもが、若い人たちが抱え込んでいます。そういうひりひりした感覚が充満している社会に、いまわたしたちは生きています。くりかえしますが、これはおとなもおとしよりも、です。

このようななかでわたしたちは、自然のことですが、いまのこのわたしをこのまま認めてほしいという、いわば無条件の肯定を求めるようになります。何かができなくても、じぶんをこのままで肯定してほしいと願うのです。そういうまなざしにひどく渇くのです。多くの子どもが親や教師より以上に友だちと「つながっていたい」とおもうのは、彼らのほうがじぶんをこのまま認めてくれるからです。

じぶんの存在がだれからも必要とされていないほど苦しいことはありません。おまえはいてもいなくてもおなじだ、と言われるほど惨《みじ》めなこと、震えるほど怖いことはありません。

だから、ひとはじぶんを必要としてくれる人、「できる・できない」の「条件」を一切つけないでこのままのじぶんを認めてくれる人、あなたはあなたのままでいいと言ってくれる人を求めるのです。

けれどもこれはちょっと危ういことでもある、そのことに注意してください。じぶんの存在の意味を、あるいは理由を、他人のうちに発見するというのではなく、いつもあなたはあなたのままでいいと言ってくれる他者がつねにいてくれないと不安になるというふうに、じぶんの存在の意味を、理由をつねに他人に求める、他人にそれを与えてほしいと願う、そんな受け身の存在になってしまいがちだからです。他者に関心をもっていてほしい、その人が見ていてくれないと何もできない……そんな依存症にはまってしまうことがあるからです。これではまた無力な受け身の存在に逆戻りです。元の木阿弥《もくあみ》です。

この元の木阿弥、じつはお話しした市民の、じぶんでは何もできない受け身のあり方とあまりによく似ていませんか。

*

わたしたちには、このように人生で見舞われるさまざまの困難、社会で直面するさまざまな問題に対して受け身でいるのではなく、それらを引き受ける強さというものが必要です。市民としての強さのことをいまの社会では「自立」と言います。けれども誤解してはならないのは、「自立」とは「独立」のことではないということです。「独立」は英語でいえばindependence、つまりだれにも依存していない状態のことです。でも、人はだれ一人、独りでは生きられません。食材を準備してくれる人、看病をしてくれる人、いろんなことを教えてくれる人、手紙を届けてくれる人、電車を運転したり修理したりしてくれる人、数えきれない人たちがたがいの暮らしと行動を支えあって生きています。お金があればなんとかなるじゃないかと言う人もいますが、お金があってもそれが使えるシステムがなければ、さらにそのシステムを支えてくれる人がいなければ、何の役にも立ちません。だから「自立」とは「独立」のことではないのです。

「自立」とはそのような independence ではなくて、むしろ interdependence（支えあい、頼りあい）のことなのです。人間とは一人ではけっして生きられないインターディペンデントな存在です。だからそのようななかで、ふだんは社会の仕組み（ケアのシステム）を使ってあまり人に頼らずに生きていられても、いざ病気とか事故とか被災などでじぶんが人の支えなしで生きられなくなったときに、他人との支えあいのネットワークをいつでも使える用意ができているということが、「自立」のほんとうの意味なのです。人びとがいま「絆」という言葉で表現しようとしているのも、そういうことだとおもいます。いうまでもありませんが、インターディペンデントなネットワークであるからには、じぶんもまた時と事情に応じて、というか気持ちとしてはいつも、支える側にまわる用意がないといけません。とくにこのことは肝に銘じてほしいとおもいます。

もう一つ、英語を参考にしますと、responsibility という、日本語では「責任」にあたる言葉があります。日本語で「責任」というと、なにか余所《よそ》から問われるもの、課せられるもの、押しつけられるものという受け身のイメージがつきまといますが、responsibility は分解すれば、「リスポンス」と「アビリティ」、つまり「リスポンドする用意がある」ということです。他人が困っていたり、何かを訴えてきたり、遠慮がちに助けを求めてきたりしたときに、それに応える用意があるということです。これもまた「支えあい」ということに含まれる大事な考え方です。

人には、そして人の集まりには、いろいろな困難や苦労があります。それらを避けたい、免除されたいという思いもつよくあります。けれども免除されるということは、だれか他の人に、あるいは社会のある仕組みに、それとの格闘をお任せするということであって、そのことが人をいっそう無力化するのでした。これに対してわたしは「人生には超えてはならない、克服してはならない苦労がある」という、ひとりの神学者の言葉を思い出します。苦労を引き受けることのなかにこそ、人として生きることの意味が埋もれていると考えるからです。そしてその苦労はだれも独りで支えきれないものであることも忘れてはなりません。苦労は独りで背負いきれるほど小さなものではありません。さきほども見たように、そこにはじぶんという者が存在することの意味への問いまで含まれているのですから。そしてじぶんが存在することの意味は、他の人たちとのかかわりのなかでこそ具体的に浮かび上がってくるものですから。「支えあい」が、余力のあるときに、というのではなく、つねに求められるものであることの理由は、こういうところにもあります。

わたしが高校生の頃から愛読してきたパスカルという思想家の『パンセ』という本のなかに、こんなことばがあります――

「人間の弱さは、それを知っている人たちよりは、それを知らない人たちにおいて、ずっとよく現われている」

何度もくりかえし味わうべきことばだとおもいます。

■初出一覧

「これで死ねる」と言えるとき　京都新聞　2013年6月15日

1　伝えること／応えること

「期待」の中点　『おせっかい教育論』（140B）
信頼の根―伝えるということ　「栄養教諭」2007年春号（全国学校栄養士協議会）

2　おとなの背中

お経を唱える子　京都新聞　2010年11月20日
おとなの背中　同、2009年10月19日
絵を描くゾウの話　毎日新聞　2010年3月4日
小さな手がかり　「同朋」2010年12月号（東本願寺出版部）
たなごころ　同、2009年7月号
くじけない人　京都新聞　2008年12月11日
師長さんたちの豪放　同、2012年8月25日
土下座　同、2012年11月17日

3　人生はいつもちぐはぐ

幸福への問い　中日新聞　2011年11月2日

人生は複線で　京都新聞　2010年3月13日
不足だからこその充足　同、2010年8月28日
底なし　「同朋」2010年5月号
あえて口喧嘩　同、2011年3月号
トイレでランチ　同、2010年9月号
「ワーク・ライフ・バランス」って？　京都新聞　2011年8月17日
右肩下がり　同、2009年12月11日
紙一重の差なのに　「同朋」2012年6月号
アホになれんやつがほんまのアホや　「国語教育相談室」No.147　2012年4月（光村図書）
二つの「エコ」落としどころは？　毎日新聞　2010年2月4日
はじめての川柳　京都新聞　2010年10月9日

4　ぐずぐずする権利

もっとぐずぐずと、しこしこと　北海道新聞　2008年12月4日
「生きづらさ」について　同、2009年8月6日
わかりやすさの落とし穴　同、2009年9月3日
未知の社会性？　同、2009年2月5日
「自由」のすきま　京都新聞、2010年1月30日
「オー・ミステイク」　北海道新聞、2009年5月7日
「大義」について大袈裟にではなく　同、2010年2月4日
ふとあのロシアの刑罰を思い出した……　「経済人」2009年9月号（関西経済連合会）

違和の感覚をたいせつに　中日新聞　２０１２年８月22日
ぐずぐずする権利　北海道新聞　２０１０年３月４日

5　言葉についておもうこと

語らいの作法　神戸新聞　２０１３年４月27日
宛先のある言葉、ない言葉　中日新聞　２０１２年11月７日
〈説得〉の言葉を　同、２０１２年12月12日
責任を負うということ　同、２０１３年３月６日
「自由作文」の罪？　京都新聞　２０１０年７月17日
「他人」の位置　「科学」２０１１年１月号（岩波書店）
言葉の過不足　京都新聞　２０１１年７月２日
言葉のアイドリング　「群像」２０１２年５月号（講談社）
消えゆく言葉の地　「暮らしの手帖」２０１３年４月号
語源の教え　「同朋」２００９年２月号

6　贈りあうこと

存在を贈りあうこと　神戸新聞　２０１２年10月27日
信頼の根を養うということ　中日新聞　２０１２年６月13日
いのちのささやかなふれあい　同、２０１３年１月23日
「ふれあい」の意味　「同朋」２００９年９月号
「親孝行」といういささか奇妙ないとなみ　「文学界」２０１１年11月号（文藝春秋）

時間をあげる　京都新聞　２００９年８月11日
気ばたらきということ　中日新聞　２０１２年４月４日
失敗というチャンス　京都新聞　２０１２年４月21日
いじめの相似形　神戸新聞　２０１２年７月28日
痛みの文化？　「緩和ケア」　２００７年９月号（青海社）

7　東日本大震災後 2011—12

はるか西の地から　中日新聞　２０１１年３月22日
心のカバー、心のクッション　「同朋」　２０１１年５月号
災害時にむきだしになること　中日新聞　２０１１年５月４日
「いぬ」ということ　京都新聞　２０１１年４月９日
わたしたちの「迂闊」　同、２０１１年５月21日
語りなおすその日のために　「同朋」　２０１１年６月号
やわらかく壊れる？　中日新聞　２０１１年６月８日
あれから三か月　朝日新聞　２０１１年６月11日
よろけたままでも（「3.11 を心に刻んで」を改題）　２０１２年３月11日（岩波書店ＨＰ）
知者と賢者　「同朋」　２０１１年７月号
文化の後先　中日新聞　２０１１年７月13日
口ごもり　「同朋」　２０１１年11月号
言葉の死角　同、２０１２年１月号
相づちを打つこと、打たないこと　中日新聞　２０１１年12月７日

区切りなきままに
「同朋」　２０１２年2月号

「絆」という言葉にふれておもうこと
中日新聞　２０１２年5月9日

底が抜けるという体験
同、　２０１２年7月18日

「福島ごと、引っ越したい」
同、　２０１２年10月3日

支えあうことの意味　十代の人たちに
『14歳の世渡り術●特別授業３・11　君たちはどう生きるか』　２０１２年3月（河出書房新社）

鷲田清一（わしだ　きよかず）
1949年、京都生まれ。京都大学大学院文学研究科博士課程修了。関西大学文学部教授、大阪大学大学院文学研究科教授、同大学文学部長、理事・副学長、総長をへて、現在、大谷大学教授・せんだいメディアテーク館長。専攻は哲学・倫理学。著書に、『大事なものは見えにくい』『死なないでいる理由』『夢のもつれ』角川ソフィア文庫、『「ぐずぐず」の理由』（読売文学賞）『「待つ」ということ』角川選書、『語りきれないこと』角川 one テーマ21、『嚙みきれない想い』角川学芸出版、『モードの迷宮』（サントリー学芸賞）、『「聴く」ことの力』(桑原武夫学芸賞）など、多数。

おとなの背《せ》中《なか》

平成25年９月25日　初版発行

著　者——鷲《わし》田《だ》清一《きよかず》
発行者——山下直久
発行所——角川学芸出版
東京都千代田区富士見2-13-3　〒102-0071
電話／編集03-5215-7815
http://www.kadokawagakugei.com/
発売元——株式会社KADOKAWA
東京都千代田区富士見2-13-3　〒102-8177
電話／営業03-3238-8521
http://www.kadokawa.co.jp/
印刷所——株式会社暁印刷
製本所——本間製本株式会社

落丁・乱丁本はご面倒でも下記角川グループ受注センター読者係宛にお送りください。
送料は小社負担でお取り替えいたします。
電話 049-259-1100（9：00～17：00／土日、祝日、年末年始を除く）
〒354-0041　埼玉県入間郡三芳町藤久保550-1

鷲田清一の本

角川選書

「ぐずぐず」の理由　第63回 読売文学賞受賞
「待つ」ということ

角川ソフィア文庫

死なないでいる理由
大事なものは見えにくい
夢のもつれ

角川oneテーマ21

語りきれないこと　危機と傷みの哲学

単行本

噛みきれない想い